貴公子探偵は
チョイ足しグルメをご所望です

魅惑のレシピは事件の香り

相沢泉見

ポプラ文庫ピュアフル

JN122690

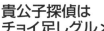

CONTENTS

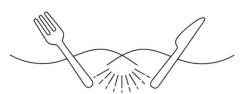

貴公子探偵はチョイ足しグルメをご所望です

魅惑のレシピは事件の香り

KIKOSHI TANTEI WA
CHOITASHI GOURMET WO
GOSHOMO DESU

相沢泉見

IZUMI
AIZAWA

ポプラ文庫ピュアフル

チョイ足し一品目　みたらし団子三変化

1

——美人は三日で飽きるというが、それは嘘だ。

三田村一花《みたむらいちか》は最近、そんな事実に気が付いた。昔から伝わる格言を根底からひっくり返したのは、今、目の前にいる美少年である。

彼は白磁のティーカップを細い指で持ち上げ、優雅にお茶を飲んでいた。きめ細かな白い肌に緑がかったブルーの瞳、そしてサラサラの金髪は、絵画に描かれた天使のようだ。すらりとした身体に三つ揃いのスーツを纏い、ループタイを合わせた姿は、さながら中世の貴公子そのもの。

身長は、百六十センチの一花より五、六センチ高い。手足が長く、何をしていても絵になる。

だから、三日どころでは飽きない。むしろ「こんなに素敵だったっけ？」と、毎日顔を合わせるたびに驚いてしまう。

麗しい姿を眺めているだけで、体力が回復しそうな気さえした。まさに目の保養である。

「――ねぇ一花、さっきからこっちを見てるけど、僕に何か用？」

その貴公子がふいに口を開き、一花は慌てふためいて首を左右に振った。

「ご、ごめんなさい。特に用事はないです！」

すぐに顔を逸らして、だだっ広いリビングルームの端にあるキッチンスペースへ足を向ける。本当はその姿をいつまでも目に焼き付けていたいが、ぼーっとしているわけにはいかない。

美麗な貴公子こと東雲《しののめ》リヒトは、ドイツ人の母と日本人の父との間に生まれた。現在は十七歳だがすでにドイツの大学を飛び級で卒業しており、なおかつここ――渋谷区松濤《しょうとう》に建つ千坪の邸宅の主《あるじ》だ。

二十三歳の一花は、リヒトに……六歳年下の美少年に、家政婦として仮採用されている身である。

雇われたのは今年の五月。それから四か月ほど経ち、もう九月の半ばを過ぎた。そろそろ正式採用に至りたいが、そのためには一生懸命働いているところをアピールしなければならない。

時刻は午後三時。夕食には少し早いが、もう仕込みを始めてもいいころだろう。

今晩は鶏肉を使った料理を作る予定である。手順を思い描いているうちにいいアイディアが閃き、一花はポンと手を打った。

（そうだ。時間があるなら『あれ』にしよう！）

すぐさまボウルと塩、そして砂糖を取り出す。

まず始めに作るのは『ブライン液』だ。スタイリッシュな名称だが、要は水に塩と砂糖を溶かしたもの。この液体に肉をある程度の時間浸しておくと、糖分と塩分の作用で水分が中にぎゅっと閉じ込められて、焼いたときにジューシーに仕上がる。

コツは、塩と砂糖の量だ。水に対してそれぞれ五パーセントの分量にすると効果的である。これ以上濃くすると浸透圧で水分が抜けて肉が固くなるし、薄すぎては意味がない。

正しい濃度のブライン液を使えば、安い肉でも美味しく食べられる。セレブの中のセレブであるリヒトに出すのはさすがに高くていい肉だが、さらに味わい深くなるはずだ。

渋谷の豪邸に住む雇用主と違って、一花はもともと庶民的な……というより、毎日カツカツの暮らしをしていた。育ったのは六畳二間＋キッチン・トイレのみの風呂ナシ物件である。

女手一つで一花を育ててくれた母親からは、安い食材を美味しく食べる方法をいくつも学んできた。ブライン液も、その一つ。

もともとは鶏肉に衣を薄くまぶして揚げ焼きにする予定でいたが、せっかく少し時間があるので、今回はこのブライン液に漬け込んでおこうと思った。こうしておけば、焼いてソースをかけるだけであっさり風味のステーキになる。

家政婦（仮）としては、体格に合わせて食も細いリヒトにいろいろなものをバランスよく食べてもらうことが一番の目標である。

一花が松濤の家に来たばかりのころ、母親を喪い、残る身内からも爪弾きにされたリヒトは食欲がほとんどない状態だった。

今はだいぶマシになったが、それでも本来ガッツリ食べるタイプではなかったようで、あっさりめのメニューが好みだ。揚げ焼きにするより、シンプルに焼いて和風ソースをかけたチキンステーキの方が食が進むかもしれない。

メニューについてあれこれ考えつつ、一花はボウルに水を張り、計量した塩と砂糖を加えてかき混ぜた。

そこまではよかったのだが……。

（やっぱり、綺麗な顔だなぁ）

ついつい目がリヒトの方に向いてしまう。

十七歳の貴公子は引き続き紅茶のカップを傾けていた。正面からじろじろ眺めているわけではないので、凝視していても気付かれないはずだ。

……と思ってすっかり油断していたら、ふいに花弁のような唇がゆっくり動いた。

「一花、今、また僕の顔をじーっと見てるよね？」

「えっ!!」

一花は驚きのあまり手元が狂って、ブライン液の入ったボウルをひっくり返しそうになった。

リヒトはカップをテーブルに置き、サッと立ち上がってキッチンの傍までやってくる。

「見てたよね、今。僕のこと」

「み、みみ、見てません……はっっっくしょん！」

その瞬間、盛大なくしゃみが飛び出した。

やってしまった、と思ったが、もう遅い。口を手で覆った一花に、天使のような……いや、小悪魔のような微笑みが向けられる。

「いつも言ってるけど、一花は自分の『体質』を、もっと自覚した方がいいよ」

嘘を吐くとくしゃみが出る——一花は長年、この特殊体質に悩まされてきた。

ほんの些細な嘘や挨拶代わりのお世辞にまで謎のセンサーが作動して、口に出したら最後、くしゃみを連発することになってしまうのだ。

この体質を知り尽くしているリヒトの前では、当然、嘘など吐けない。

「さっきのと合わせてトータル八分。一花はずーっと僕の顔を見つめてた」

「えぇ、八分って、そんなに……?!」

どうやら一花は思った以上に長い時間、リヒトに見入っていたようだ。しかも、本人に気付かれていた。

「そんなにじっくり見るなんて、僕の顔に何かついてる？」

「あの、えっと……」

雇用主をじろじろ眺めたあげく『ひたすら目の保養をしていました』などという失礼な発言はできない。が、嘘を言えばまたくしゃみが出てしまう。

何と答えたらいいものか……一花はしばらく困り果てていたが、やがてだだっ広いリビングに穏やかな声が響いた。

「――リヒトさま、来客でございます」

静かに戸を開けて顔を覗かせたのは、燕尾服をびしっと着こなし、丸い眼鏡をかけた老紳士だ。

名は服部林蔵《はっとりりんぞう》。家政婦（仮）とともにこの松濤の家に住み込み、リヒトに仕える有能な執事である。

容姿端麗な貴公子は、ゆっくりと小首を傾げた。

「客？　今日はアポイントメントは入ってなかったはずだけど、一体誰が――」

その言葉が終わらないうちに、すらりと背の高い人物が林蔵の横をすり抜けて部屋に入ってきた。

「私だ。リヒト、元気にしていたか」

「……拓海《たくみ》」

軽く手を上げて挨拶されたリヒトは、うんざりした口調で相手の名前を呟く。

やってきた客……東雲拓海は、かけていたメタルフレームの眼鏡を中指で押し上げ、薄い唇の端に笑みを乗せた。

「リヒト、もっと愛想よくしたらどうだ。兄の来訪だぞ」

黒いスーツを纏い、髪をオールバックにセットした拓海は、三十歳そこそこ。『扱う製品はゆりかごから墓石まで』と言われる世界的な大企業、『東雲コンツェルン』の次期総帥と噂されている。

そして、東雲コンツェルンの現総帥・東雲辰之助《たつのすけ》は、リヒトの実の父親だ。

ドイツ滞在中、辰之助は既婚者であることを隠してリヒトの母・アンナと交際し、彼女の妊娠を知ると日本に逃げ帰った。つまり、リヒトは辰之助の『隠し子』ということになる。

アンナが亡くなり、独りぼっちになったリヒトは、それまで住んでいたドイツの家を引き払って日本にやってきた。一応は辰之助の息子として認知されたものの、東雲の本家から疎まれて同居を拒否され、コンツェルンの経営からも遠ざけられている。十七歳の美少年が豪邸の主を名乗っているのには、いろいろと複雑な事情があるのだ。

拓海は辰之助と本妻の間に生まれた息子で、リヒトとは母親違いの兄弟である。

東雲の本家から爪弾きにされているリヒトだが、拓海だけはそんな義弟《おとうと》の身を案じ、時々こうして訪ねてくる。

もっとも、当のリヒト本人はそれを鬱陶しいと思っているようだが……。

「僕は拓海のことを兄だと思ったことはないけど。一緒に暮らしてるわけでもないし、赤の他人みたいなものだろう。今日は何をしにここへ？　用がないなら帰ってくれないかな。……林蔵、次から拓海をこの家に上げなくていいよ」

相変わらず、けんもほろろである。

執事は困り顔で「実はリヒトさま、今日は……」と声を発したが、拓海がそれを制して自ら口を開いた。

「兄弟でゆっくり話をしたいのはやまやまだが、今日は別に用件がある。私はリヒトに、謎解きの依頼をしたい」

「謎解き、だって……？」

リヒトの形のよい眉がピクリと跳ね上がった。拓海は唇に笑みを乗せたまま後ろを振り返り、誰かを手招きする。

しばらくして、広いリビングに新たな人物が現れた。

ピンクのワンピースを纏った、二十歳くらいの小柄な女性だ。ふんわりとカールさせた髪を背中に流し、目がぱっちりとしていて、ちょっと勝気そうに見える。

「彼女は今江《いまえ》藍里《あいり》くん。私の恩師にあたる弁護士の娘だ」

拓海の紹介を受けて、藍里自身がぺこりと頭を下げた。そして間を置かず、きっぱりと言った。

「探偵さん、聞いてください！　あたし、父と親子の縁を切りたいんです！」

2

眉目秀麗な貴公子が好むもの——それは謎解きである。

もともとは亡き母親が、近所の人の抱える謎を解くという人助けをしていたらしい。そんな母を偲ぶ意味もあって、リヒト本人も謎に挑むようになった。

頭を使えばお腹が空く。謎解きは、ややもすると薄れがちになる食欲を湧き立たせてくれる行為でもあり、リヒトは常に『美味しい謎』を求めている。

そんなことをしているうちに、松濤の家に住む美少年は、いつしか『探偵』と呼ばれるようになった。貴公子探偵のもとには、難解な謎を抱えた依頼人がたびたびやってくる。

実際に依頼を受けるか受けないかはリヒトの裁量だが、目の前に横たわる謎が難しそうであればあるほど——美味しそうであればあるほど、やる気が出るようだ。

リヒト本人がセレブなせいか、貴公子探偵の評判が広まっているのは主に裕福層である。ゆえにやってくる依頼人はたいていがお金持ちなのだが、今日は義兄の拓海を通して謎が持ち込まれた。

一花たちはひとまず全員で客間に移動して、依頼人である今江藍里の話を聞くことになった。

客間は二十五畳ほどの広さで、一人がけのソファーが一つと、二人がけのソファーが向かい合わせに二つ置いてある。リヒトは一人がけのソファーを使い、拓海と藍里は二人がけのソファーに並んで腰かけた。使用人である一花と林蔵は、主の後ろに立つ。

「あたし、お父さんと……父と、親子の縁を切りたいんです。もう顔も見たくないし、ほんと、最低!!」

依頼人の口から初めに飛び出したのは、この台詞だった。やや興奮気味で前のめりになった藍里を、隣に座っている拓海が身振りで宥める。

「藍里くん、落ち着きたまえ。まずは君とお父上……今江修《おさむ》氏のことを、リヒトに話してやってくれないか」

「分かりました」

藍里は一花と林蔵が手分けして配ったお茶を飲み、一息ついてから話し出した。

まず、藍里自身は都内の私立大学に通う大学三年生。年齢は二十歳とのこと。四年前、藍里が十六歳のときに母親が病気で亡くなり、以降は一人娘と父親の二人三脚で暮らしてきたという。

藍里の父親・修の職業は、弁護士だ。『今江法律事務所』という個人事務所を開いていて、所長を兼ねている。

「藍里くんの父親……修氏に、私はとても世話になった。司法試験の勉強をしていたときからの恩師だ」

補足したのは拓海である。

拓海自身も弁護士の資格を有しており、現在は東雲コンツェルンの関連企業の法務部に勤めている。

修は拓海と同じ大学の出身で、ボランティアで後輩の勉強の相談に乗っていた。拓海はその縁で修の娘・藍里と知り合い、彼女が中学生のときから大学に入るまで家庭教師をしていたらしい。

　だから藍里は、拓海のことを今でも『先生』と呼んでいる。

「あたし、拓海先生に真っ先に相談したんです。『法的に父と親子の縁を切りたい』って。そしたら先生が『弟のところで話をしてみないか』って言うから、今日はここにお邪魔しました」

「君はどうして、父親と縁を切りたいの？」

　アウトラインが分かってきたところで、リヒトが尋ねた。藍里は『いよいよ本題』という感じで、ぐっと表情を引き締める。

「父は、浮気してたんです！　それも、ずーっと長い間。あたしが生まれる前……ううん、多分、母と結婚したときから！」

「え、そんなに長く?!」

　一花は思わず呟いてしまった。藍里は現在二十歳なので、今の話が本当なら、浮気は四半世紀近く続いていたことになる。

「長く続いていた父親の浮気について、君や君の母親は何も知らなかったの？」

　リヒトは質問を重ねた。

「あたしは全く気付きませんでした。四年前に亡くなった母も……多分知らなかったと思います」

「ということは、浮気が発覚したのはつい最近のことなんだね。どういうきっかけで明るみに出たのかな」

「きっかけは……これです」

藍里はぎゅっと眉間に皺を寄せて、傍らに置いてあったトートバッグから何かを取り出した。

一冊の絵本だ。大きさはB5のノートと同じくらい。ボール紙に似た素材の表紙には、パステル画のようなタッチで女の子の絵が描かれている。

「かわいい絵本……」

一花が小さく感想を漏らすと、藍里が「そうなんですよ」と声を張り上げた。

「とってもかわいいでしょう？　この絵本を買ったのは、父なんです。父はそもそもフィクションに興味がなくて、あたしが幼いころ『絵本を読んで』とお願いしても、『そういうのは苦手だから』って断られました。なのに少し前、突然このかわいい絵本を買ってきたんです」

藍里の話を聞きながら、一花は絵本の表紙を改めて眺めた。

色遣いがふんわりしていて、かなりファンシーだ。端的に言ってしまえば、藍里の父親世代の男性とは釣り合わない。

藍里は、そのパステルカラーの絵本をじとっと見据えた。

「最初は知り合いの子供にでもあげるのかなって思ったんです。でも、違った。父は夜中に一人でこの絵本をじっくり読んでいました。そのとき妙に熱っぽい目をしてたから、なんだか気になって……。あたし、この絵本について調べてみたんです。そしたら――」

ピンクのネイルが施された藍里の指が、表紙の一部をなぞる。そこには、文字が書いてあった。

『作・絵／早乙女《さおとめ》藍里《あいり》』

この絵本を手掛けた作者の名前だ。文字列を見たリヒトは、「ん？」と首を傾げる。

「藍里――君と同じ名前だね」

探偵にそう指摘された依頼人は、力なく頷いた。

「はい……その早乙女さんという人が、父の浮気相手、です」

「えぇぇっ！」

一花は目を白黒させた。隣に立っている林蔵も普段の落ち着いた様子とは一変、張りつめた表情を浮かべている。

「あたしに『藍里』という名前を付けたのは父です。母が残した育児日記にもそう書いてあったし、祖父母も『藍里の名前はお父さんが決めたんだよ』って言ってたから、間違いありません。その父は、母と結婚する前から早乙女さんと浮気をしてた。そして母との間に生まれたあたしに、浮気相手と同じ『藍里』という名前を付けた……。漢字まで被ってるし、もう、わざとやったとしか思えない！」

浮気相手と同じ名を娘に付ける。

嫌だな……と一花は咄嗟に思ってしまった。もちろん子供の名前の付け方は千差万別。

親子の数だけパターンがあるが、愛人の名前を我が子に……となると、手放しでは賛成できない。

名付けられた当人、藍里はもっとショックだろう。汚らわしいものでも見るような目つきで絵本に視線を落としている。

その藍里と対峙しているリヒトは、表情を変えずに言った。

「作家はよく筆名を使うけど、早乙女藍里というのは本名かな。それと、早乙女さんは本当に君のお父さんの浮気相手なの？　絵本を熱心に読んでいただけじゃ何の証拠にもならないよ。単に、児童文学に目覚めただけかもしれない」

すると藍里は憮然とした顔つきで絵本をいったん脇に置き、自分のバッグの中から紙の束を取り出した。

「『早乙女藍里』はペンネームではなく本名です。それに、父は早乙女さんのことを昔から知っていたはず……。それくらいのことはちゃんと調べました。単なる勘違いで『親子の縁を切りたい』なんて言いません！　これを見てください。コピーですけど、早乙女さんのインタビュー記事です」

紙の束がリヒトの手に渡る。

一花は探偵の背中越しにそれを眺めた。まず目についたのは『人気絵本作家に聞け！』という記事のタイトルだ。どうやらエンタメ系の雑誌をコピーしたものらしい。

全面白黒だが、一枚目の中央部分に四十歳くらいの女性の顔写真が載っていた。この人物が早乙女と思われる。

写真の周りを取り囲む文字の一部に、蛍光ペンでラインが引かれていた。

『――早乙女藍里というのはわたしの本名なんですよ。もう少し凝った筆名にしようと思ったんですけど、いいのが思いつかなくて。この際だから今の名前でいいかなと――』

文章をマークしたのは藍里だろう。はっきり『本名』と書いてある。

続けて一枚の古ぼけた写真が探偵に示された。二人の男女が、レンガ造りの建物の前で微笑んでいるところを写したものだ。

「左側にいるのは藍里くんの父……修氏だな。今よりかなり若いようだが」

拓海が眼鏡を押し上げながら発言した。藍里は「そうです」と吐き捨てるように答え、若き日の父親の隣に立つ女性を指さす。

「右側にいるのが早乙女さんです。若いときに撮影されたものですけど、インタビュー記事に載っていた写真と比べてみてください。面影があるでしょ？」

確かに、インタビュー記事の写真と似通っている。下がり気味の眉や耳の形が全く同じだ。記事では四十代に見えるが、古い写真の方は二十歳よりも若いと思われる。

「その写真、裏返してみてください」

藍里の言葉に従って、リヒトは写真をひっくり返した。

「銀座フレンチレストランR前にて。早乙女さんと」

写真の裏には文字が書き込まれていた。読み上げた貴公子探偵の声が、静かな客間に響き渡る。

　その余韻が消えたころ、藍里ががくりと肩を落とした。

「父の書斎をこっそり調べたら、その写真が六法全書の間に挟んでありました。まるで隠すみたいに……。裏の文字の筆跡は、間違いなく父のものです。それから、インターネットで検索して分かったんですけど、レストランRは父と母が結婚する前の年に閉店していました。つまり父は結婚前から早乙女さんのことを知っていて、一緒にレストランにも行ってて、写真まで撮る仲だった……そういうことですよね」

「昔、二人で写真を撮っていたからといって、浮気と決まったわけじゃ――」

「あたしもそう思ってた！　思いたかったんです。でも……」

　反論しかけたリヒトに、悲痛な声が被さる。

　猫のように吊り上がった瞳を潤ませて、藍里は傍らに放置されていたかわいらしい絵本を見つめた。

「父がこの絵本を読んでいるとき、とても幸せそうな顔をしてました。あんな父、見たことない。その絵本の作者があたしと同じ名前だと知って、どうしても気になったんです。父にあんな顔をさせる『もう一人の藍里』って、どんな人だろうって……。いてもたってもいられなくなって、あたしは先週、雑誌のコピーと写真と絵本を父に突きつけて問いただしました」

　なんと、藍里はすでに実力行使に出ていたようだ。リヒトは無言のまま、目で話の続きを促す。

「父は、母と結婚する前から早乙女さんのことを知っていたと認めました。でも『しばらく会ってなかった。浮気なんてありえない』って……。あとは何を聞いてもしらばっくれて、しまいには『お前には関係ない』って怒鳴ったんです。『どうして早乙女さんとあたしが同じ名前なの？』って聞いても『知らん』の一点張り！」

話しているうちに感情が高ぶってきたのか、藍里は拳で自分の膝をドンドン叩いた。隣に座っていた拓海に「落ち着きたまえ」と声をかけられたが、それを振りきってさらに叫ぶ。

「父は婿養子です。今江法律事務所は、もともと母の父……弁護士だった祖父が経営してました。父は一人娘だった母と結婚して、祖父から事務所を受け継いだんです。この意味、分かります？　要するに父は、母のことなんて全然好きじゃなかった。事務所を手に入れるために仕方なく結婚したんです！　そうに決まってる！」

とうとう藍里の瞳が決壊した。林蔵がすかさず「今江さま、これを……」と真っ白なハンカチを持っていく。

藍里はそれを受け取ったが、涙を拭わずにただぎゅっと握り締めた。

「父は事務所を手に入れるために母と結婚したけど、本当に好きなのは早乙女さんだった。そしてあたしに『藍里』って名前を付けて、娘に話しかけながら、心の中では愛人の名前を呼んでた……。家庭的な父親のふりしてそんなことをするなんて、とんだ大嘘吐きです。

嘘吐きな父なんて、いらない。あんな人とはもう、親子の縁を切ります！」

藍里の荒い呼吸音が、一花のところまで聞こえてくる。

それが鎮まるのを待って、拓海が話に割って入ってきた。

「藍里くんの意見を否定するようですまないが、私は修氏が不義理をするような人物だとは思えない。彼は非常に正義感が強く、法曹界では義理堅い弁護士で通っている。修氏が本当に浮気をしていたのか……その点に関しては、まだ推測の域を出ていない」

「拓海先生、甘いです！　浮気してたに決まってるじゃないですか。問いただしてもしらばっくれてるのが一番の証拠ですよ」

すかさず藍里がいきり立った。拓海はそれを制し、麗しき美少年探偵を見つめる。

「私が藍里くんをここに連れてきたのは、疑問を解消するためだ。親子の縁を切るのは、事実がはっきりしてからでいい。はたして修氏は本当に浮気をしていたのか。娘にその浮気相手の名前を付けたのか。修氏と早乙女氏はどういう関係なのか……。この謎を、リヒトに解いてもらいたい」

義兄に見つめられたリヒトは、長い指を鋭角な顎に添えて黙り込んだ。だがしばらくして、未だ涙を浮かべたままの藍里に向かって鋭い視線を投げる。

「親と縁を切って、君は生きていけるの？　まだ学生だよね。学費や生活費は賄えるのかな。縁を切るということは、そういう支援もなくなるってことだよ」

「もちろん覚悟はしています。あたし、成績優秀者として大学から返済不要の奨学金をもらってるんです。それに、事情を話したら、友達がルームシェアしてもいいよって言ってくれました。バイトもしてるし、生活費もなんとかなるはず！　あたしは大学三年生だから、あと一年ちょっとで就職ですし」

「ふーん、結構ちゃんと考えてるんだね」

リヒトはそう呟くとソファーに深く座り直し、整った顔に微かな笑みを浮かべた。

「……分かった。そこまで覚悟があるなら引き受けるよ。浮気調査なんて、初めてだけどね」


これからアルバイトに行くという藍里を、林蔵が車で送ることになった。

客間には、たった今依頼を受けたばかりの探偵と、家政婦（仮）、そして長身の弁護士が残っている。

藍里が帰ったせいか、さっきまで漂っていた刺々《とげとげ》しい雰囲気はだいぶ薄れた。拓海は広く空いたソファーにゆったりと座り直し、リヒトに笑顔を向ける。

「謎解きを引き受けてくれて感謝する。……正直なところ、断られると思っていた。いろいろと複雑な事情はあるが、リヒトが先ほど言っていた通り、今回の件はいわゆる『浮気調査』だからな」

拓海の言葉に、一花も頷いた。

「確かにそうですね。リヒトさん、どうして引き受ける気になったんですか？」

貴公子探偵は、普通の探偵とは違う。引き受けるのは単純な調査でどうにかなる類《たぐい》のものではなく、もっと難解な事件……頭を捻って推理して、ようやく真実に辿り着けるような手強い謎だ。

そんなリヒトが、浮気調査に乗り出すなんて意外だった。

「どんな案件を扱おうと僕の自由だよ。……ああ、言っておくけど、拓海のために引き受けたんじゃないから」

リヒトはそっぽを向いてぼそりと呟いた。

つれない態度を取られてしまった拓海だが、それでも笑顔を崩さない。

「どんな理由であれ、引き受けてくれたことに感謝する。私の知る限り、今江修という人物は愛妻家だった。早乙女氏の件は何か事情があるんだろう。誤解したまま、親子が仲違いするのはよくない」

「そうかな。親子だって、こじれることはあるよ。相手に嘘を吐かれたり裏切られたりしたら、一緒にいたいとは思わない……」

サファイヤの瞳に悲しそうな影が落ちているのを見て、一花は気付いた。今の言葉は今江親子ではなく、リヒト自身のことを表しているのだ。

一花と同じことを考えたのだろう。拓海は軽く溜息を吐いて、メタルフレームの眼鏡を押し上げた。

「東雲家のことに関しては、リヒトにも思うところがあるだろう。だが私としては、東雲コンツェルンの今後について、そろそろ兄弟で話し合いたいと考えている」

「僕は話し合う気なんてない」

「……そうか。まあいい。とにかく、藍里くんの件は頼んだ」

リヒトに冷たく言い放たれ、拓海は僅かに肩を落とした。今日のところは義兄の負け、という感じだろうか。

長身の弁護士は、この場から立ち去るべく、傍らに置いてあった荷物を持ってソファーから腰を上げた。横顔に、ほんの少し疲れの色が滲んでいる。

「拓海さん、このあとお仕事ですか？」

一花が尋ねると、拓海は力なく首肯した。

「藍里くんから連絡を受けて、会社を抜けてきている。これから戻って……おそらく残業になるだろう」

「大変ですね。あ、そうだ。よかったらこれ、どうぞ」

一花はポケットからピンク色のパッケージに包まれた小さなものを取り出して、拓海に渡した。

「ミルク味の飴です。疲れたときは、甘いものをとるといいですよ。お仕事頑張ってください」

この飴は一花のお気に入りで、いつも休憩中に食べてパワーをチャージしている。本当は拓海の仕事の手伝いができたらいいのだが、代わりに元気のもとをおすそ分けだ。

「…………！」

飴を手にした弁護士は、真顔でその場に硬直した。

「拓海さん、どうかしました？　もしかして、飴、お嫌いですか？」

「い、いや、なんでもない」

拓海はふるふると首を横に振り、アタッシェケースを持っていない方の手で飴をぎゅっと握り締めた。門まで見送るという一花の申し出を辞し、くるりと踵を返す。

「お気をつけて！」

見送りをしない分、一花が精一杯の笑顔で声をかけると、すでに背中を向けていた拓海はわざわざ振り返って頷いた。

その眼差しはなぜかいつもより柔らかく、光をたたえているように見えた。

3

翌日から、リヒトと一花と林蔵は手分けをして今江修を徹底的に見張った。

しかし三日間尾行してみても、浮気の証拠は何一つ摑めなかった。それどころか、知れば知るほど今江修という人物の素晴らしさが伝わってくる。

拓海が話していた通り、修は『義理堅い弁護士』として名を馳せていた。林蔵が法曹界に聞き込みをかけた結果、みんながみんな口を揃えてこう言ったという。

『今江弁護士は、仏さまのような人だ』

基本、修は困っている人を見放さない。依頼人が貧しく、報酬が見込めない場合でも、今江法律事務所なら救ってくれるともっぱらの評判だ。

ゆえに、修のもとにはひっきりなしに依頼人が訪れる。

張り込みをしていた三日の間、修はずっと仕事をしていた。立ち寄った場所といえば、自身の事務所と、クライアントの家や関係先のみである。

(浮気してる暇なんて、ないんじゃないかなぁ)

一花は一定の方向を見つめながら、そんなことを考えていた。

今いるのは、霞《かすみ》が関《せき》にある東京地方裁判所だ。修は今日、ここで弁護士として法廷に立った。

東京地裁のエントランスは三つに分かれている。

一つは一般来庁者用の入り口で、傍聴を希望する者はここから入って手荷物のチェックを受ける。その隣は裁判の関係者が使う入り口だ。法廷に立つ弁護士はここでバッジを見せれば入場できる。

最後の一つは出口。裁判を終えた修が、じきにここから出てくるはずである。

一花たちはエントランスを注視して、尾行のターゲットを待っていた。タクシーやバスに乗り込まれた場合に備え、林蔵が近くに車を停めて待機している。

「なかなか興味深い裁判だったね」

エントランスを見つめながら、リヒトが口を開いた。

実は一花たちは、修が担当した裁判を傍聴している。扱われたのは刑事事件。二十二歳の青年が、ブランド品店から商品を盗んだという内容だ。

一花は裁判を見るのが初めてで、難しいことはよく分からなかったが、修の言ったことだけは心に残っている。

『被告人のしたことは犯罪で、許されざる行為です』

まずそう発言してから、修は被告人の青年をまっすぐ見つめた。

『私は弁護士としてここに立っているが、被告人が出所した暁には肩書など関係なく、一人の人間として彼を支える所存です』

被告人は罪を認めていた。争点は量刑の重さだ。今日は判決が下りなかったが、出所後にしっかりした人物が支えになると申し出たことがプラスに働くのは間違いない。

支えるという言葉は、そうそう簡単に使えるものではないと一花は思う。出所後にもし再犯となれば、支援者にも責任がのしかかってくるからだ。

修は現在五十三歳になるという。痩躯で髪には白髪が交じり、どこにでもいる普通のおじさまという風体だった。

しかし弁護人席に立つと雰囲気が一変する。

優しさと厳しさを兼ね備えたその姿は、法廷内の誰よりも頼もしく見えた。まるで後光が差しているようだ。聞き込みの際、多くの者が口を揃えて『仏さま』と言っていた理由が、一花にもよく分かった。

「ターゲットが出てきたよ、一花」

一花が法廷での出来事を反芻しているうちに、修が姿を現した。リヒトとともに、少し距離を取りつつ尾行を開始する。

東京地裁を出るとすぐに地下鉄・霞ケ関駅の入り口があるが、修はそこを素通りした。どうやら徒歩でどこかへ行こうとしているようである。

「桜田通りを南下……向かっているのは、虎ノ門《とらのもん》方面か」

地裁の前を走る桜田通りは国道一号線の一部で、とても道幅が広い。修は歩道を早足で歩いていた。さすがは東京の中枢。あたりには官公庁やオフィスビルが建ち並んでいる。

「どこに行くんでしょうか」

一花が呟いた途端、修は脇道に逸れた。ビルとビルの間を通って、やがて一軒の店の前へ。

ごく普通の喫茶店だった。道に面した側が一面ガラス張りになっていて、都会的な雰囲気が漂っている。

「僕たちも入ろう」

修のあとを追って、リヒトは店内に足を踏み入れた。もちろん一花も続く。

外観同様、内装は近代的でお洒落だった。広々としていて、テーブル席とカウンター席がある。

修はしばらくきょろきょろとあたりを見回していたが、やがて僅かに顔を綻ばせ、片隅のテーブルにつかつかと歩み寄っていった。

そこにはすでに先客がいた。近づいてきた修にぺこりと頭を下げたその人物を見て、一花は目を見開く。

（早乙女藍里さんだ！）

下がり気味の眉と、優しそうな表情……藍里が見せてくれた記事に載っていた写真そのものだ。

四人がけの席に座っていた早乙女は、自分の向かい側にあった椅子を手で示した。修は躊躇いなくそこに腰かける。

ここまで来たら、考えられることは一つ。早乙女と修は、この店で待ち合わせをしていたのだ。

密会――そんな言葉が、一花の脳裡をよぎる。

「一花、僕たちもどこかに座ろう」

呆然と立ち尽くしていると、リヒトに脇を小突かれた。そのまま引きずられるようにしてテーブル席につく。

一花の座っている場所から、修の背中と早乙女の顔が見えた。リヒトは二人に背を向けている形だ。

修は近くにいた店員を呼び、何か飲み物を注文した。早乙女の前にはすでにコーヒーカップが置かれている。

一花たちも同様に素早く注文を済ませた。両方の席に飲み物が届いてから、リヒトがその場でじっと腕を組む。

修たちの話に聞き耳を立てているのだと分かって、一花は口を噤んだ。

しかし、何を話しているのか判然としない。修たちは声量をセーブしているようで、席を変えても盗み聞きは不可能と思われる。

リヒトは溜息を吐きつつ組んでいた腕を緩めた。だが諦めるそぶりはなく、すぐにジャケットの胸ポケットからスマートフォンを取り出す。

「一花、笑って」

貴公子の手で、薄い機械についているレンズが一花に向けられた。

「……えっ、私を撮るんですか⁉」

どうして急に写真なんて……一花は慌てふためいて尋ねようとしたが、リヒトが何か目配せしているのに気付いた。

「あ、撮るのは後ろの席ですか」

小声で尋ねると、貴公子探偵の頭が上下に動く。アウトカメラで一花を撮影するふりをして、インカメラで後方——つまり修たちを撮影しようとしているのだ。

盗み撮りなんて、これはもう本格的に浮気調査だ……と一花が思っていると、カシャッという機械音が微かに聞こえた。

「あ、インカメラに切り替えるのを忘れてたよ」

リヒトはスマートフォンを見て苦笑した。

液晶画面には、一花の姿がくっきりと映し出されている。まさか撮られるとは思わなかったので、無防備そのものだ。

「操作ミスの割に、よく撮れた。一花は写真で見ても……やっぱり一花だね」

「あー、もう、勝手に撮らないでくださいよ。それに、『やっぱり』ってどういう意味ですか！」

「すごくかわいいって意味だけど」

「えっ……！」

突然放たれた言葉に、一花の胸がドキリと跳ねる。天使と見まごう美少年に、面と向かって『かわいい』などと言われたら……。

「――今、ちょっとドキドキした？」

心臓が爆発する寸前、リヒトは悪戯っぽく笑った。

これは、してやられた。とんだ意地悪だ。一花はかぁーっと頬が熱くなるのを抑え、首をぶんぶん横に振る。

「ドキドキなんてしてません……………はっっっくしょんっ！」

言い返したつもりが、ますます墓穴を掘ってしまった。恥ずかしさで身を竦める一花に、リヒトの視線がじっと注がれる。

「一花ってさ、どうして自分の体質のこと、いつも忘れちゃうの？」

「うぅ、忘れてるわけじゃないです。つい言い返したくなっちゃうんですよ～。ふいうちで写真を撮るなんてひどい。メモリから消してください」

「分かった。あとで消すから。とりあえず、目的のものをカメラに収めるよ」

リヒトは今度こそ本当に修たちを撮影した。撮れた写真をチェックしてから、思い出したように口を開く。

「今江弁護士が過去に担当した案件について林蔵に調べてもらったんだけど、他の弁護士なら投げ出すようなものばかりだったよ。国選弁護とか、厄介な刑事事件とか、民事だと身寄りのない未成年者の後見とか。簡単に言うと、お金にならないクライアントが多かった。半分くらいはボランティアだと思う」

「そうなんですか？　どうしてわざわざそんな案件ばかり担当するんでしょう」

「正義感の強い人だからじゃないかな。困っている人を見たら放っておけないタイプなんだよ。今日の裁判を見ていて、それが伝わってきた」

「ああ、確かに……」

みんなから『仏さま』と呼ばれている弁護士が、今、女性と密会している。

仏さまと浮気者の父親……どちらが本当の修なのか、一花にはそれを判断することができなかった。

「これはもう、紛れもなく密会じゃないですか。父は早乙女さんとしばらく会ってないって言ってたのに……嘘吐き！　やっぱり昔から浮気してたに決まってます！」

一枚の写真を前に、藍里が柳眉を逆立てている。

写っているのは修と早乙女。さっき喫茶店で隠し撮りしたのをプリントアウトしたものだ。ターゲットを張り込み、ようやく得た成果である。リヒトはこの件を伝えるため、依頼人である藍里を呼んだ。

そこに拓海もついてきた。今、松濤の家の客間には、この間と同じメンバーが顔を揃えている。

「あたし、明日にでも家を出て、父から離れます！　それに、書類の上でもあんな人が父親なんてまっぴら。拓海先生、親と法的に縁を切る手続き、してください！」

藍里は父親の密会現場が収まった写真を放り出し、カールされた髪を振り乱して喚いた。ひらひらと空中を舞った証拠物件は、最終的に林蔵がキャッチして燕尾服の内ポケットにしまう。

「藍里くん、落ち着け。修氏と早乙女氏は喫茶店で会っていただけだ。しかも二人が顔を合わせていたのは今日のこと。ご母堂の生前ならともかく、今となっては浮気には該当しない」

取り乱す藍里を、拓海が宥める。

言われてみれば確かにそうだ、と一花は思った。さっき二人が密会していたとしても、

『藍里が生まれる前から修が浮気していた』ということにはならない。

そもそも、なんとなく脳裡をよぎっている『密会』というワードさえ、推測でしかないのだ。思い返してみると、修と早乙女は人目を憚ることなく普通に会っていた。

藍里はぷんぷん怒りながらも、ひとまずソファーに深く座り直した。拓海はそれを見て、やや弱々しい口調で話し出す。

「……藍里くん。実は、法的に親子の縁を切ることは不可能だ。民法でそう定められている。たとえどちらかが死んでも、公的な書類には親子として記載が残る」

「そんな——嘘でしょ！」

藍里はあんぐりと口を開けてその場で硬直してしまった。相当ショックだったらしい。

代わりに、一花が尋ねる。

「例えば何十年も会ってない場合でも、法的にはしっかり親子ということですか？」

「その通りだ、一花くん。ただし唯一の例外がある。乳児のころに実の親との関係を抹消して別の夫婦の戸籍に入る『特別養子縁組』という制度だ。親子の縁が完全になくなるのはこの制度を使った場合のみ。藍里くんはすでに成人しているので、今から別の家に養子に入ったとしても、単なる養子縁組にしかならない。修氏との親子関係は残る」

「やれやれ。親子の制度って厄介だね。縁を切りたいことだってあるのに」

リヒトが吐き捨てるように言った。背後にいろいろなもの……主に東雲家に対する感情が渦巻いているのが見て取れる。

拓海もそれを感じ取ったのか、軽く苦笑した。

「縁を切ることはできないが、戸籍を分けること……すなわち分籍ならできるぞ。藍里くんが分籍をして父親の戸籍から抜ければ、形の上では独立したことになる。ただ、これも気休めにすぎないな。親子としての記録は、何かしらの書類に残る」

長身の弁護士の淀みない話を聞いて、一花は親子の縁の強さを思い知った。

藍里も身に染みたらしく、俯いたまま顔を顰めていたが、やがてぼそりと呟く。

「……それならあたし、『藍里』っていう名前を捨てたいです」

「名前を、捨てる?!」

聞き返した一花に向かって、藍里は力強く頷いた。

「前にどこかで、戸籍上の名前を変えることができるって聞いたことがあります。自分の名前が父親の浮気相手と同じなんて、絶対に嫌！　ねぇ拓海先生。親子の縁は切れなくても、改名ならできるんですよね？」

藍里に期待の籠もった眼差しで見つめられた拓海は、眉間に皺を寄せた。

「法的には可能だが……藍里くんの場合は難しいだろうな」

「えーっ、あたし、改名もできないんですか?!」

「十五歳を過ぎていれば、基本的に誰でも改名の申し立てができる。手続きもさほど煩雑ではない。家庭裁判所に手数料を添えて申立書を送付するだけだ。ただし、改名は戸籍そのものを弄る分、家裁の判断が慎重になる。改名するに足りうるもっともな理由がない限り、そうそう認められない」

「家庭裁判所……ハードル、高そう」

藍里はごくりと喉を鳴らした。

「どういう理由なら、裁判所は改名を認めてくれるんでしょうか」

尋ねたのは一花だ。

「最も多いのは、珍名および難読名。つまり人の名前としておかしい、もしくは社会通念上普通には読めないケースだな。他に異性と間違われやすい名前、日本人なのに外国人と思われるような名前、家族の中に同名の者がいる場合も、紛らわしいという理由で改名できる。また、性転換手術を経て戸籍上の性別を変更するのと同時に改名するケースも最近ではよく耳にする。特殊な事例としては、神官や僧侶が上げられるだろう。彼らの場合、修行して得た宗教上の名前を、戸籍上の本名にできる」

さすがは弁護士。すらすらと答えが返ってきた。一花がひたすら感心していると、リヒトが口を挟んだ。

「端的に言えば、父親の愛人の名前を付けられて嫌だからという理由では、家裁に改名を認めてもらえないんだね？」

「その理由で認められたケースもなくはない。ただし、氏名は学校生活や社会生活に深く関わってくるうえに、あらゆる契約に使われる。就学前の子供なら改名の影響は小さいが、成人の場合はそうもいかないだろう。家裁の判断はよりシビアになる」

拓海の説明を聞いて、藍里はしょげ返ってしまった。

「大人になってからの改名ってすごく難しいんですね。というか、簡単に名前を変えられたら大変ですよね。周りが混乱するし、何かに悪用する人がいるかもしれないし……。あたしの名前は難読じゃないしなぁ。何か方法はないんですか、拓海先生」

「本名とは別の通称を、長期間使用すれば改名できる可能性がある。周りの者に通称で呼んでもらい、郵便物も通称で届くようにしておくんだ。ただし、それでも改名が認められない場合があるし、認められるにしても何年か先の話になる。それ以外で成人後も改名が認められやすいケースは……心理的外傷を伴う場合だな」

「心理的外傷？」

なんとなく不穏な言葉が飛び出して、一花は眉をひそめた。

「肉親からの虐待などによりＰＴＳＤと判断され、親が付けた名前を呼ばれることに心理的苦痛を感じる場合だ。そのケースなら、医師の診断書を提出すれば改名が認められる可能性があるが……」

拓海はそこまで言って、藍里にちらりと目をやる。

「ああ、それはあたしには当てはまらないです」

藍里はきっぱりとそう言いきったあと「じゃあ改名は無理かなぁ」と声のトーンを落とした。だが、すぐにきりっと顔つきを引き締める。

「落ち込んでる場合じゃないですね。通称を使い続ければ改名できるかもしれないし、分籍とかいう手続きをすれば、気分だけでもすっきりしそう。……拓海先生、あたし、分籍する！　法的に縁が切れなくても、家を出て物理的に父との関係を絶ちます！」

「本気なのか、藍里くん。お父上は早乙女氏と『しばらく会ってなかった』と言ったのだろう。それが本当なら、浮気はありえない」

「もちろん本気です。問いただしても本当のことを喋ってくれないなんて、やましいことがあるに決まってる！　あたしに事情を説明してくれないのに早乙女さんと会ってた……それだけ分かればもう十分。父のこと、見損ないました。だから縁を切ります。――あたし、間違ってないですよね」

「間違ってないよ」

すかさずそう返したのはリヒトだった。

「浮気を隠す親もいれば、嘘を吐いて子供を放置する親もいる。そんな親はこっちから願い下げだね」

貴公子の心底不機嫌そうな様子を目の当たりにして、一花は隣に立っていた林蔵と顔を見合わせ、揃って溜息を吐いた。

4

一刻も早く父親と暮らしている家を出て、さらに分籍もするという藍里の決意は固かった。だが「戸籍の手続きはじっくり進めた方がいい」と拓海が説得して、二人はひとまず松濤の家をあとにした。

　やがて夜になり、家政婦（仮）として一日の家事を済ませた一花は、リビングの片隅にあるダイニングテーブルでお茶を飲みながら休憩を取っていた。

　そろそろ夜の十時。早起きの林蔵はすでに自室に引き上げており、部屋の中にいるのは一花だけだ。

　目の前には、ミルクティーが入ったマグカップと、写真や紙の束、そして一冊の絵本がある。

　一花はその中から、かわいらしいもの……早乙女藍里が描いた絵本を手に取った。依頼人の藍里が「調査の参考に」と置いていったものだ。

（素敵な絵柄だなぁ）

　改めて間近で眺めてみると、とても魅力的な一冊だった。

　表紙に描かれているのはおかっぱ頭の女の子。パステルと思しき画材が全面に使われていて、雰囲気が柔らかい。

　少女の年齢は五歳くらいだろうか。赤いジャンパースカートを身に着けており、ふっくらした頬はほんのり桃色。膝小僧には絆創膏がちょこんと貼ってある。

　絵本を手にしたまま少し視線をずらすと、今度はコピー用紙が目についた。早乙女の顔写真が載った、例のインタビュー記事だ。

その中に、こんな文章がある。

『――わたしが出している絵本は、あえてサイズを小さめにしてあるんです。それから、なるべく軽い紙に印刷してもらっています。小さくて軽い本なら、子供でも一人で持てますからね。わたしは結婚したことがないし子供もいませんが、未来を担う世代のために何かできることをしたいんです』

早乙女の想いが籠もった絵本を眺めていたら、内容も気になってきた。一花は最初のページをそっと開く。

「何を読んでるの、一花」

と、そこで背後から声がかかった。振り向いた一花の目に飛び込んできたのは、麗しい貴公子の姿だ。

リヒトはゆったりしたシルクのシャツとツイード素材のズボンを纏っている。いつもの三つ揃いのスーツとは違って、家で寛ぐための格好である。

「早乙女さんの絵本ですよ」

一花は手にしていたものを掲げて見せた。

リヒトは一花の隣にあった椅子を引くと、そのままそこに腰かけ、僅かに身を寄せてくる。

「どんな話なのかな、それ」

「分かりません。これから読むところだったので」

「僕も内容を把握しておきたいな。……そうだ、一花が読んで聞かせてよ」

「え、私ですか?!　絵本の読み聞かせなんて、やったことないんですけど」

驚いて自分を指さした一花に向かって、リヒトがふっと微笑む。

「僕が生まれ育ったドイツの家には図書室があった。大富豪だった祖父母が残した、遺産の一部だよ。たくさん本が並んでたけど、誰かにそれらを読み聞かせてもらったことはない。母さんは僕を育てながら学校の先生をしたり謎解きをしたりして、みんなを助けてた。名探偵だったからね。忙しそうで、読んでと言い出せなかったんだ」

リヒトの母・アンナは、東雲辰之助に逃げられたあと、一人で出産に踏みきった。リヒトの祖父母にあたるアンナの両親はすでにこの世にいなかったが、アンナ本人が手に職を持っており、さらに財産と広い屋敷が残っていたお陰で、金銭的に困ることはなかったという。

「私も、親に絵本を読み聞かせてもらった経験って、あまりないかもしれません。母は一家の大黒柱として朝から晩まで働いてましたし、父はちょこちょこ働きながら家のことをしてくれていたので、二人とも暇がなくて」

おまけに一花の父は、若くして亡くなっている。

「一花も僕と同じなのか」

「はい。学校の先生に読み聞かせてもらったことなら何度もありますけどね」

ドイツと日本、豪邸と六畳二間のアパート。過ごしてきた環境は大きく違うのに、貴公子と家政婦（仮）には思わぬ共通点があったようだ。

「僕は、ずっと誰かに絵本を読み聞かせてもらいたいと思ってた。ねぇ一花、読んでよ。

……駄目かな？」

リヒトが小首を傾げて一花の顔を覗き込んできた。宝石のような瞳に、射貫かれる。

（――こんなの、ズルい！　断れない！）

天使のような美少年に、至近距離で「……駄目かな？」などと囁かれて、無下にできる者がこの世にいるだろうか。

一花はこくこくと頷いて、絵本を持ち直した。コホンと咳払いをしてから、最初のページに目を落とす。

「『まんまるほっぺのデイジーちゃんは、あるひ、もりのなかで、まいごになってしまいました……』」

声が掠れないように気を付けながら、ゆっくりと読み始めた。

絵本のタイトルは『デイジーとだいじなともだち』。二十ページ足らずだが、紙面はすべてパステル画で埋められ、片隅に平易な言葉で文章が綴られている。

話の主人公は、表紙に描かれている女の子。五歳のデイジーだ。

デイジーはある日みんなでピクニックにやってきて、一人森の中で迷ってしまう。困り果てていたところ、木の陰からお喋りのできるリスやウサギや小鹿、そして賢いフクロウが現れた。動物たちと友達になったデイジーは、みんなの励ましを受けて『迷いの森』から抜け出す決意をする。

ガタガタ道や揺れる吊り橋など、多くの難所があったが、デイジーは森で出会った『だいじなともだち』に助けられて前へ進んだ。

最後は無事に森から抜け出し、動物たちに『ありがとう』とお礼を言う。その顔は、初めよりもぐんと凛々しくなっていた……。

B5サイズのかわいらしい絵本に描かれているのは、そんなストーリーだ。ゆっくり読んでも十分とかからないうちに『おしまい』まで辿り着く。

だが、長編映画を見たときと同じくらい心が満たされていた。動物たちが泣きそうなデイジーを一生懸命励ますシーンや、揺れる吊り橋を渡りきるシーンでは、涙が込み上げたほどだ。

かわいらしい絵柄と素晴らしいストーリー。両方が相まって、一花はふぅと溜息を吐いた。

（すごく……いい話だった！）

絵本を閉じ、改めて表紙を眺めてみると、にっこり笑うデイジーの左上に『早乙女藍里』という文字が見える。

作者が本の中に込めた子供たちへの想いが、一花にもひしひしと伝わった。

だからこそ思う。こんな素晴らしい絵本を手掛けた早乙女は、本当に藍里の父親と不倫をしていたのだろうか……。

人柄と作風を結びつけて考えるのは安易かもしれないが、どうもピンとこない。一花が「うーん」と呻っていると、隣にいたリヒトが穏やかな声で言った。

「いい絵本だ。読んでくれてありがとう、一花」

言葉は少ないが、軽く口角を上げたその顔つきから、リヒトも早乙女の絵本を高く評価しているのが窺える。

「どういたしまして。……あ、リヒトさん、お茶でも淹れましょうか」

「うん」

テーブルの上には、一花のマグカップがある。一人でミルクティーを飲むのもなんなので、リヒトにもお茶を出すことにした。

（そうだ。それなら、『あれ』をお茶請けにしよう！）

一花はキッチンスペースに行き、冷蔵庫から目的のものをいくつか取り出した。続けていい香りのするお茶を、カップ……ではなく湯飲みに注ぎ、すべてをお盆に載せて持っていく。

「お待たせしました、リヒトさん」

「あれ、これ何？　和菓子……かな。お茶も、紅茶じゃなくて緑茶だ」

整った顔に、驚きの色が浮かんだ。

「リヒトさんの言う通り、湯飲みに入っているのは緑茶です。一緒に出すものとのバランスを考えて、紅茶じゃなく日本茶を選びました。その隣にあるお茶請けは、『みたらし団子』っていうんですよ」

一花の話を聞き終えると、リヒトは湯飲みの横にある細長い小皿を引き寄せた。

「みたらし団子か。初めて見たよ。どういうお菓子なの？」

ドイツで育ったセレブは、庶民的な和菓子にあまり馴染みがないようだ。

「ベースに使われているのは白玉粉です。その粉と砂糖を水と一緒にこねて、ひと口大に丸めてからゆでればお団子ができます。そこに、醬油と砂糖を水で溶いて煮詰めたみたらし餡をかけました。餡には片栗粉も加えたので、ちょっととろみがあります」

ディナーの後片づけをしつつ、一花が手早く拵えたものである。本当は明日のティータイムに出す予定だったが、少し出番が早まった。明日は明日で、また何か作ればいい。

直径二・五センチほどのみたらし団子が、細長い皿の上に三つ並んでいる。市販のものは串に刺さっていることが多いが、今回は手作りということもあり、そのままだ。

「みたらし団子は普通に食べても美味しいんですけど……ちょっとお皿、借りますね」

一花はリヒトの前にあった皿を自分の方に引き寄せてから、お盆に載せて一緒に持ってきた『あるもの』を手に取った。

「一花。それ、クリームチーズだよね」

「はい、そうですリヒトさん。このクリームチーズを、こうやって……」

皿の上にある、三つのみたらし団子。

一花は冷蔵庫から持ってきたクリームチーズを一口分スプーンですくい、二つの団子の上に載せた。さらにそのうちの一つに、これまたキッチンから運んできた茶色い粉をパラパラと振りかける。

「今、何をかけたの？」

リヒトは一花の手元を興味深そうに眺めながら尋ねた。

「ココアパウダーですよ。はい、できました！」

細長い皿を、再びリヒトに差し出す。

並んでいるのは、何も手を加えていないみたらし団子、クリームチーズが載ったみたらし団子、クリームチーズの上からココアパウダーを振りかけたみたらし団子だ。

「まずは、ただのみたらし団子を食べてみてください。そのあと、隣にあるクリームチーズだけが載ったものを。クリームチーズの上からココアパウダーをかけてあるのは、最後にどうぞ」

「分かった。……いただきます」

リヒトは素直に頷いて、フォークを手に取った。一花の説明に従い、まずは一番シンプルな団子を口に運ぶ。

「うん。みたらし餡がほどよく甘辛くて、優しい味だ。緑茶にも合うね」

出だしは好調。一花は「よし」と拳を握り締めた。貴公子は優雅な動作で、二つ目のクリームチーズが載ったものに手を付ける。

「……ん？　全然違う味になった。ああ、クリームチーズの酸味が効いてるね。とろみのある餡としっかり絡んで、互いのよさを邪魔しない」

リヒトの肩からすとんと力が抜け、頬が緩んでいる。心がほぐれている証だ。

間に緑茶を挟んでから、いよいよ最後の一つ。クリームチーズ＋ココアパウダーがトッピングされたみたらし団子の出番となった。

「――!!　一花、これ……！」

最後の一つを食べた貴公子は、驚愕の声を上げた。しばらく呆然としたあと、はぁーっと息を吐き出す。

「今のは何だろう。和菓子を食べたはずなのに、まるでちょっと変わったティラミスみたいだった。口当たりは洋菓子で、でもちゃんと醬油の香ばしさもあって……不思議だ」

しきりに「不思議だ」を連発したあと、リヒトは緑茶を飲み干した。最後にふっと笑みを浮かべ、満を持したように一花を振り向く。

「美味しかった。ごちそうさま、一花」

皿も湯飲みも、すっかり空だった。家政婦（仮）として、これほど嬉しいことはない。思わず笑みが零れる。

料理に何かお手軽な食材を『チョイ』と足して、新たな美味しさを生み出す――これが一花の十八番だ。

今回はみたらし団子を手作りしたが、もちろん市販の串に刺さったものにチョイ足ししても美味しくいただける。

みたらし餡に甘みがあるので、ココアパウダーは無糖の方がいい。さらに、そのココアパウダーの代わりに七味唐辛子をかけると、ちょっとしたおつまみ風の一品になる。

一花は溢れてくる嬉しさを抑えながら、補足するように言った。

「今回のポイントは、ズバリ『順番』です！　ココアは意外と風味が強いので、口の中に残りやすいんです。だから先にココアパウダーがかかったものを食べると、クリームチーズだけを載せたものや、ただのみたらし団子の味を楽しむことができません。逆に、ただのみたらし団子から順に食べていけば、それぞれの味の変化をしっかり感じられます」

「ポイントは、順番……あっ！」

リヒトはふいに肩をピクリと震わせた。青い瞳を大きく見開き、動きを止めること数十秒。

「あの、リヒトさん、どうしました……？」

一花がおそるおそる顔を覗き込むと、貴公子はポンと手を叩いて立ち上がった。

「そうだ。順番だ。すべての鍵は、順番だったんだ」

「えっ、突然、何の話ですか?!」

「ありがとう、一花。みたらし団子にクリームチーズとココアパウダーを加えてくれたお陰で——謎が解けたよ」

「……は？」

ひたすら首を傾げる一花に向かって、麗しい貴公子は極上の笑みを浮かべて見せた。

5

翌日の夕方、大学で講義を受け終えた藍里が再び松濤の家を訪れた。呼び寄せたのはもちろん、貴公子探偵だ。

拓海も仕事の合間を縫って同席することになった。客間には今、リヒトと一花、そして藍里と拓海が顔を揃えている。

執事の林蔵は、リヒトに何か命じられて少し前に外に出ていった。車でどこかに向かったようだ。

「父親が長い間浮気をしていた挙句、その浮気相手の名前を娘に付けた。だから親子の縁を切りたい――これが君の主張だったね、藍里さん」

夕暮れに染まる客間で、一人がけのソファーに座っている眉目秀麗な探偵が口火を切った。依頼人・藍里はすぐさま首肯する。

「はい。その通りです！　あたし、一刻も早く分籍して、父の傍から離れます！」

とても強い口調だった。やはり意志が固い。

付き添いとして同席していた拓海が何か言いかけたが、僅かに顔を顰めたあと、黙ってリヒトを見つめた。ここは探偵にすべてを託すことにしたらしい。

一花もハラハラと展開を見守ることしかできなかった。このまま、今江親子の縁は絶たれてしまうのだろうか……。

「結論から言うと、藍里さんが分籍する必要はないと思うよ。改名も必要ない。もちろん、親子の縁も切らなくていい」

リヒトは自信に満ちた表情で、はっきりとそう言った。

「えっ！　どういうことですかリヒトさん」

貴公子探偵の後ろに立っていた一花は、目を見開いて身を乗り出した。

それ以上に驚いたのは藍里だ。一瞬その場で凍り付いたように動きを止めてから、たちまち不満げな顔つきになる。

「なぜ親子の縁を切らなくていいんですか？　まさか父を……愛人の名前を娘に付けた父を、許せって言うんですか?!　あたしはそんなの絶対に――」

「いや、そういう意味じゃない」

「ならどうしてそんなこと言うんですか！」

「藍里さんの父親は、娘に愛人の名前なんて付けてないからだよ。そんなことは絶対にできない」

一瞬、客間がしーんとなった。

しかし、藍里がすぐさま頭《かぶり》を振って反論する。

「……は？　何言ってるんですか。だって、現にあたしは父の愛人と同じ名前じゃないですか！　ほら、そこにある絵本、見てください！」

依頼人が指し示したテーブルの上に、かわいらしい絵本がちょこんと載っていた。もう一人の藍里……早乙女が手掛けた作品、『デイジーとだいじなともだち』だ。

藍里同様、一花もリヒトの言葉の真意が摑めなかった。探偵は何を証拠に『そんなことは絶対にできない』などと言いきったのだろうか。

一花と藍里、そして拓海が、同じところに視線を注いでいる。全員の注目を一身に集めたリヒトは、優美な笑みをたたえてゆっくりと口を開いた。

「今回のポイントは『順番』だよ」

順番……ゆうべもそんなことを口走っていたな、と思いながら、一花は話の続きに聞き入る。

「もう一度言うけど、藍里さんの父親は、愛人の名前を娘に付けたわけじゃない。そんなことは絶対にできないんだ。……なぜなら、そもそも藍里さんが生まれたとき、早乙女さんは『藍里』という名前ではなかったからだよ」

「えぇっ、藍里という名前ではなかった……って？」

一花はリヒトの言葉を鸚鵡返しにして、混乱で頭を抱えた。

早乙女が手掛けた絵本には『藍里』という作者の名前が添えてある。インタビュー記事にも『早乙女藍里というのはわたしの本名なんですよ』としっかり書いてあった。一体どういうことだろう。

すると、ずっと黙っていた拓海がピクッと眉を上げた。

「まさかリヒト……早乙女氏は、戸籍上の名前を変えているのか」

探偵は、長身の義兄に向かって満足そうに頷いた。

「そうだよ拓海。絵本作家の早乙女さんは――過去に『改名』をしてる」

「えぇえっ、改名?!」

「嘘でしょ?!」

前者の叫び声は一花、後者は藍里だ。

揃って目をぱちくりさせている女子二人に向かって、リヒトは言い聞かせるように説明を始めた。

「インタビュー記事の中でペンネームについて語った際、早乙女さんは『この際だから今の名前でいいかなと――』と口にしてる。初めはサラッと流したけど、よく考えてみたら『今の』というワードが引っかかった。『今の名前』というからには、『前の』それも存在するんじゃないか……それで僕は、早乙女さんが改名をしている可能性に思い至ったんだ。閃いたら、あとは事実を確認するだけだよ」

そこで、美麗な顔が藍里に向けられた。

「さっき僕は、順番がポイントだって言っただろう。もともと早乙女さんの名前は『藍里』ではなくて別のものだった。それを『藍里』という名前に変えたんだ。しかも、改名したのは『今江藍里が生まれたあと』になる。だから、藍里さんの父親は愛人の名前を娘に付けたわけじゃない。順番からして、そんなことは物理的に不可能なんだ」

「早乙女さんが改名……あたしが、生まれた『あと』……？」

貴公子探偵の話を聞いて、藍里は深刻な顔つきのまま黙り込んでしまった。一花は今までの出来事をもう一度反芻する。

先日、拓海が改名について話していた。戸籍上の名前を変えるのはなかなか難しいが、逆に言うなら家裁の許可さえ下りれば問題ない。

コピーに載っていた早乙女の写真からして、あれは近年の記事だろう。早乙女はそのとき、すでに改名していた。だからインタビューの中で『早乙女藍里というのはわたしの本名』と答えたのだ。

しかし、藍里が生まれたときは別の名前だった……。

「もし藍里さんのお父さんが愛人の名前を子供に付けたいと思ったのなら、早乙女さんが改名する前の名前になるはずですね」

ようやく事情が呑み込めてきた一花が確認するように言うと、拓海も安堵の表情を浮かべた。

「そうだな。そもそも修氏は、早乙女氏と最近まで会っていなかったと藍里くんに告げている。私はその言葉を信じたい。不貞行為など、初めからなかったんだ」

「ちょっと待ってください！　あたしはまだ納得できません！」

そこへ、藍里が割って入ってきた。ぶんぶんと首を横に振りながら、リヒトに訴えかける。

「あたしが生まれたあと早乙女さんが藍里という名前に変えたのなら、確かに前提は大きく崩れます。でも、それって本当の話なんですか⁈　みんな探偵さんの推測で、証拠がありませんよね。この間拓海先生も言ってましたけど、大人になってから名前を変えるのって大変なんでしょう？　早乙女さんはどうして改名できたんですか⁈」

「だからさ、僕はさっき『あとは事実を確認するだけだ』って言っただろう。すでに行動は起こしてる。証拠もなしに話を進めたりしないよ」

挑むような態度の藍里を、リヒトはまっすぐ見つめ返した。疑問に対する答えが、今にも口から出てきそうである。

「待て！」

しかし、室内に突然大声が響き渡り、解答は阻止された。

藍色のビジネススーツに身を包んだ壮年の男性が、いつの間にか客間の入り口に立っている。その後ろに見えるのは、この家の執事の姿だ。

「お父さん！」

叫んだ藍里が、そのまま口をポカンと開けた。

「リヒトさま。お申し付け通り、今江修さまをお連れしました」

林蔵が、リヒトにスッと近寄って恭しくお辞儀をする。

「うん、ありがとう。手こずらなかった？」

「早乙女さまの件でご足労くださいと申し出ましたところ、修さまは固辞されたのですが、この林蔵がリヒトさまの推理を代わりに披露させていただきました。結果、こうしてご同行を受け入れてくださいました」

「修さん、私の席を空けましょう。どうぞこちらへ」

藍里の隣にいた拓海が立ち上がり、空いた席へ修を誘導した。拓海自身は誰も座っていないもう一つの二人がけソファーに移動する。

隣同士に座った今江親子は互いに顔を見ようとせず、部屋の中にギスギスした雰囲気が広がっていった。

見目麗しい貴公子は、そんなムードをものともせず、修に青い瞳を向ける。

「修さん。あなたの娘は、あなたが長いこと浮気をしていて、愛人の名前を子供に付けたと思ってる。この際、自分で誤解を解いてみたらどうかな？　絵本作家の早乙女さんは何者なのか。そして、あなたとどういう関係なのか……。ここで全部話したらいいよ」

「断る。この件は一切黙秘だ」

「黙秘って、ここは法廷じゃないんだけどなぁ。まぁいいや。修さんが黙ってるなら、僕から藍里さんに説明するよ」

「なっ……」

修は顔を大きく歪ませ、わなわなと肩を震わせた。数秒後、怒りを爆発させたように大声を出す。

「やめろ！　探偵だか何だか知らないが、早乙女の件は口外するな。一体誰に断って彼女の過去を――」

「本人の許可は得てるけど」

「は？　本人、だと……？」

真顔で言い放ったリヒトに、修は驚愕の眼差しを向けた。

そのタイミングで、インターフォンが来客の存在を教えてくれた。林蔵がすかさず客間を飛び出していく。

この家は広いので、玄関まで行くのに時間がかかる。さらにアプローチを経て門まで辿り着くのに、少なく見積もっても二分は必要である。

「こんなときに、誰だろうか」

拓海が高そうな腕時計にそっと目を落とした。

しばらくして、執事が再び戻ってきた。そのまま客間のドアを開け放ち、主である貴公子探偵にお辞儀する。

「リヒトさま、来客でございます」

「ああ、僕が呼んだんだ。待ってたよ。これで関係者が揃ったね」

貴公子スマイルが全開になった。「関係者って……？」と呟きながら、一花はドアの方に目をやる。

拓海と藍里と修も、同じ方を見た。

「なっ、き、君は……！」

真っ先に声を上げたのは修だった。続けて藍里が、ソファーから半分腰を浮かせる。

「早乙女さん!!」

執事に促されて室内に入ってきたのは、たった今話題に上っていた人物・早乙女藍里だった。

突然の登場に、今江親子同様、拓海もかなり驚いているようだ。もちろん、一花も然り。もはや客間の空気は限界まで張りつめている。

「こんにちは、みなさん。——早乙女藍里です」

藍色の着物を纏った絵本作家は、柔和な顔を綻ばせて静かに一礼した。

6

(優しそうな人。絵本と同じだ!)

早乙女の放つふんわりしたオーラが、あたりに漂っている緊張感を打ち消した。佇まいが、本人の描くパステル画のように柔らかだ。

「ごめんなさい、藍里さん。わたしのせいで、いろいろと迷惑がかかってしまったようですね」

唯一空いていた拓海の隣に腰を下ろした早乙女は、まず藍里に詫びた。それから修の方を見て微笑む。

「探偵さんが、出版社を通してわたしに電話をくれました。話を聞いて驚いたわ。わたしと今江さんが浮気してると思われていただなんて……。ねぇ今江さん、わたしとの関係を娘さんに教えてあげてください。そうしたら、誤解も解けます」

「それはできない。君と私の関係を話すとなると、どうしたって君の過去に触れることになる。私は弁護士だ。弁護士には守秘義務がある。だから言えない」

修は頑なな顔つきで首を振った。

それを見て、早乙女はふっと一つ息を吐く。

「今江さんは全然変わっていませんね。あなたは以前、『私は弁護士だ』と言って手を差し伸べてくれました。二十五年前の、あのときも……。今江さん、娘さんに真実を伝えてあげてください。今江さんが言わないのなら、わたしが自分で話します。本人が喋るなら、守秘義務は関係ないでしょう？」

「いや、し、しかし……」

「今江さん。今までわたしのことを黙っていてくれてありがとう。でも、もう隠す必要はありません。探偵さんは電話で、わたしが改名していることを見事に言い当てました。きっと、だいたいのことを把握しているのでしょう。わたしは今日、すべてを説明するためにここに来たんです。何せ、自分に関わることですから」

「なら、早く話してください。早乙女さん、父とあなたは……一体どういう関係なんですか！」

父と絵本作家のやり取りをじりじりしながら眺めていた藍里が、痺れをきらしたように気ぜわしくまくし立てた。

早乙女は居住まいを正して、そんな藍里に向き直る。

「わたしは、藍里さんのお父さんに助けられました。弁護士だった今江さんに、法的な面倒を見ていただいたの。――実の親に、捨てられてしまったから」

「えっ……！」

思ってもみない言葉が飛び出して、藍里の顔がスーッと青ざめた。一花もごくりと息を呑む。

「わたしは物心ついたときから父と二人暮らしでした。父は仕事が長続きしない人で、いつもお金に困っていました。そのうち、わたしに手を上げるようになったんです。そんな生活がしばらく続いたある日、父はわたしを散々殴ったあと、ふらりとどこかへ行ってしまいました」

早乙女は静かに語り出した。淡泊な口調の裏に何倍も重い事実を垣間見て、一花は胸が苦しくなる。

突然家を出ていった父親は、半月が過ぎても戻ってこなかったという。当時、早乙女は中学三年生だったそうだ。

「殴られた場所が痛かったけど、父がお金を全部持っていってしまったから、病院には行けませんでした。食べるものもろくになくてふらふらで、登校できなかった。誰かに助けを求めればよかったんでしょうけど、そのときは何も考えられなくなっていました。次第に力が抜けて、布団に横たわりながら、もう死ぬのかしら……と思ったわ。でも気を失う寸前、中学校の先生が家を訪ねてきたんです。わたしが何日も登校していなかったから、様子を見にきてくださったの」

「それで、早乙女さんは保護されたんだね」

リヒトが口を挟んだ。

話に聞き入っていた一花はホッと胸を撫で下ろした。本人が目の前にいるのだから無事だったことは分かりきっているのに、中学校時代の早乙女に感情移入しすぎてハラハラしてしまう。

「学校の先生はわたしを病院に運んだあと、しかるべき機関に連絡してくれました。しばらくして、飲み歩いていた父も帰ってきたわ。児童相談所などから事情を聞かれた父は、『子供なんていらない』と言ったそうよ。つまり、わたしは親から捨てられてしまったの。他に身寄りがなかったわたしの法的な手続きや代理行為を引き受けてくださったのが、当時は駆け出しの弁護士だった今江さんです」

「ああ、そういえば、修さんは昔から事情を抱えた子供を助けるNPO団体に協力をしていましたね。採算など度外視。完全なるボランティアだ」

拓海が姿勢を正して恩師を見やった。佇まいから、修への尊敬の念が伝わってくる。

「今江さんは二十五年前、十五歳だったわたしに手を差し伸べてくれました。『君が無事に成人するまで力になるから』と言ってくれたんです。口だけじゃなくて、本当にいろいろ相談に乗ってくださった。お陰でわたしは遅れがちだった勉強と向き合うことができたし、無理だと思っていた高校にも通えました。……ありがとうございます、今江さん」

早乙女に頭を下げられた修は、真面目な顔で腕を組んだ。

「私は弁護士として当たり前のことをしただけ。礼など、いらんよ」

「いいえ、いくら感謝しても足りません。今江さんは、わたしが学校を出たあとのことも考えてくれました。自立できるように、住まいや仕事を探してくれたんです。わたしはもう、手を上げる父に怯えて暮らす必要はなくなった」

本当にありがとう。

再び修に頭を下げてから、早乙女は「でも……」と表情を曇らせた。

「今江さんのお陰で父と離れられたけど、なぜかいつまでも心が晴れなかった。ふいに父が現れて、また殴られるんじゃないかと常にびくびくしていたの。成人して、今江さんのサポートを必要としなくなってからもそれは続きました。せっかくいい仕事に就けたのに心がものすごく不安定になって、欠勤してしまうこともあって……」

父親の影は、早乙女を何年も苦しめた。

悪夢にうなされて眠れない日々が続き、次第に体力が落ちてしまったという。一時は歩くのさえ困難なほど憔悴した。

「父とは離れたのにどうしてこんなに苦しいんだろうと、長い間考えました。それで、ようやく気付いた。わたしは、自分の名前を呼ばれるのが辛かったんです」

「名前……」

すかさず反応した藍里に、早乙女は凛とした表情で言った。

「わたしはもともと、漢数字の三に木の枝、子供の子と書いて『三枝子《みえこ》』という名前でした」

「三枝子……。あたしと同じ『藍里』じゃないんですか？」

「ええ。生まれてすぐに付けられた名前は三枝子。命名したのは父で、三という漢字は父の名前にも入っています。父はよく『お前と俺の名前はお揃いだ。親子の証だ』と言っていました。……お揃い、そして親子の証。その事実がわたしにのしかかった。三枝子と呼ばれるたびに苦しくなって、倒れそうなほど気分が悪くなりました」

一花は思わず目を閉じた。

早乙女は修の力を借りてどん底から這い上がった。苦しみや悲しみからやっと離れられたのに、自分の名前を呼ばれるたびに昔のことを思い出してしまう。

生きている限り、名前からは逃れられない。まさに地獄だ。

「お辛《つら》かったでしょうな……」

林蔵が声を震わせた。丸眼鏡の奥の瞳が、きゅっと細くなっている。

「早乙女さん。自分の名前が辛くなったあなたは、それからどうしたの？」

途切れかけた話に、貴公子探偵が再び火を付けた。

「しばらくは耐えるしかありませんでした。でも、名前を呼ばれるたびに拳を振り上げた父の姿をありありと思い出して……ある日、わたしは眩暈を起こして道端で倒れてしまったんです。親切な通行人がすぐに救急車を呼んでくれたらしくて、気が付いたら病院のベッドでした。お医者さまに事情を尋ねられたわたしは、すべてを話しました」

状況を把握した医師に、早乙女は心理カウンセリングを勧められた。

カウンセラーは心療内科の医師と組んで、早乙女の苦しみと徹底的に向き合った。一定の期間病院に通い、いくつかの検査を経た結果、とある診断が下りたという。

「いわゆるPTSD……心的外傷後ストレス障害だと言われました。父親に関する記憶がわたしの中でトラウマになっていて、心身の不調を引き出してしまうんです。名前を呼ばれるたびに苦しくなるのも、それが原因。そこでカウンセラーさんは、わたしの戸籍上の名前を変えるという提案をしてくれました」

「そうか。それで家裁に改名の申し立てをしたんですね。自分の名に対して強いトラウマを抱えているなら、許可も下りる」

拓海が納得の表情を浮かべて言った。早乙女は「ええ」と頷く。

「お医者さまの診断書などを添えて申立書を提出したら、改名が認められました。以降は三枝子ではなく、新しく付けた藍里という名前を使っています。正式に名前が変わったのは、十年前です」

「十年前……あたしが生まれてから、だいぶ経ってる」

明らかになっていく事実に、藍里はただただ呆然としていた。早乙女はそんな藍里をいたわるように見つめる。

「十年前、わたしは三枝子から藍里になりました。新しい名前を藍里にしようと思ったのは、今江さんが『藍色が好きだ』と言っていたからよ」

「え、お父さんが？」

藍里の視線が、早乙女と修の間を行き来する。

「そうよ、藍里さん。藍という染料には虫よけの効果があって、藍染めの布は他の布よりも丈夫なんですって。一見暗くて地味だけど、何よりも強い。だから藍色が好きだ……今江さんはよくそう言っていました。改名するとき、一番お世話になった人が好きだった色を取り入れようと思ったの。だから『藍里』という名前にしたのよ。今ではわたしも、藍色が一番のお気に入りです」

話を聞きながら、一花の目は早乙女と修に引き付けられていた。絵本作家が纏っているのは藍色の着物。修のスーツも同じ色だ。

「今江さんは、一番好きな色の名前を娘さんに付けたのね。わたしが勝手に同じ字を使ったから、名前が被ってしまったのよ」

早乙女が「そうよね」という感じで振り返ると、修は顎を引くように頷いた。

「娘は生まれたときとても小さくて、触れたら壊れてしまいそうだった。だから、私は『藍』の字を使った名前を考えた。藍染の布のように、とにかく強く健康に生きてほしい。

それだけでいい。生まれてきてくれただけで、私にとっては十分すぎる幸福だ……そう思った。名付けに早乙女さんは全く関わっていない」

「お父さん……」

藍里が感極まった様子で父親を見つめている。修は照れたように目を伏せた。

早乙女は親子を眺めて何度も頷く。

「そもそも、わたしは成人してから今江さんとしばらく会っていませんでした。わたしのことでボランティアばかりさせるわけにはいきませんから。風の噂で、今江さんがご結婚されてお子さんが生まれたことは聞いていたけれど、改名したあとの名前がその娘さんと全く同じだなんて思いもしませんでした」

「お父さんと、会っていなかった……ほんとに？」

まだ半信半疑な顔をしている藍里に、早乙女は微笑みかけた。

「わたしがカウンセリングに通っていたことも、改名の申し立てをしたことも、今江さんには知らせていなかったの。名前を変えたら、心が楽になった。少しずつ元気が出てきたころ、ずっと興味があったパステル画に取り組んでみたんです。それがきっかけで絵本を作るようになって、コンテストに出したら運よく絵本作家に……」

「私が早乙女さんと再会したのは、一か月前だ」

話の続きを引き取ったのは修だった。

早乙女が成人したあと、連絡が途絶えたことを修は気にしていたが、弁護士として依頼人と向き合っているうちに時間が過ぎていったという。

そんなある日、クライアントの家でたまたま見かけた雑誌に、懐かしい人物の写真が掲載されていた。

「載っていたのは早乙女さんの写真だった。私はそれで、彼女が絵本作家になっていることを知った。作家としての早乙女さんを応援するつもりで一冊購入したんだが、眺めているうちに懐かしくなったよ。早乙女さんの高校卒業祝と就職祝を兼ねて他の弁護士たちと銀座のレストランに行ったことがあるんだが、その日を思い出した」

「銀座か。……もしかしてレストランRかな？」

リヒトが修に問う。

一花もすぐにピンときた。修の六法全書に挟み込まれていた写真。あの背景に写っていたのが、レストランRだ。

「レストランRで、早乙女さんは卒業証書を見せながら『ありがとうございます』と言ってくれた。レストランはそのあとすぐ閉店してしまったが、早乙女さんの言葉は今でも弁護士としての私を支えてくれている。絵本を眺めているうちに懐かしさが込み上げて、つい頬が緩んだよ。まさかその場面を娘に見られていたとはな」

修は少し気恥ずかしそうに頭に手をやった。

普段はフィクションに見向きもしなかった父親が、突然かわいらしい絵本を購入した理由。そしてそれを眺め、幸せそうな顔をしていた理由……。いろいろな謎が、一気にほどけていく。

早乙女はしきりに頭を掻いている修を見て、噴き出した。

「確かに、今江さんがわたしの絵本を眺めていたら、少し奇妙かもしれませんね。主に子供に向けて作ってありますから。一人で読めるように、装丁を工夫していただいてるんですよ。世の中には、親に絵本を読んでもらえない子もいるから。……わたしみたいに。子供たちのことを考えていたら、何かできることはないかと思うようになりました。そうしたら、出版社を通じて今江さんからお手紙が届いたの」

修は、絵本の奥付にあった出版社の住所にファンレターを出したという。早乙女はそれに返事を書いた。

「久しぶりに今江さんと会ってみようと思ったんです。……実は今、ＮＰＯ法人の設立を考えているの。難しい環境にいる子供たちに、絵本を届ける仕事がしたいんです。今江さんには、弁護士としていろいろ相談に乗っていただきたかった。結局、正式に法律顧問をお願いしました。先日もその話し合いをするために、今江さんと虎ノ門の喫茶店でお会いしています」

一花たちが盗み撮りをした、あの場面だ。あれは密会現場でもなんでもなく、ただの法律相談だった。とんだ勘違いである。

すべてのことを語り終えた早乙女は、改めて藍里に向き直った。

「藍里さん。今江さんとわたしは、昔も今も弁護士とクライアントという関係です。わたしが藍里に改名したことで、あなたに妙な誤解をさせてしまってごめんなさい」

すると、藍里は弾かれたように立ち上がり、首を左右に振った。

「そんな！　謝るのはあたしの方です。勝手に浮気してるって思い込んで、早乙女さんの過去を……辛い記憶を掘り起こすことになっちゃった。ごめんなさい！」

藍里はさらに、父親にも頭を下げた。

「お父さんも、ごめん！　あたしが問いただしても事情を話さなかったのは、早乙女さんの過去をむやみに言いふらしたくなかったからだよね？　なのに一人で取り乱して、たくさん迷惑かけた。お父さんはあたしのこと、大事に思ってくれてたのに。……だからこそ『藍里』っていう素敵な名前を付けてくれたのに」

修が隠そうとした事実は重いものだ。早乙女は、自らそれを話した。藍里と修——親子の絆を守るために。

藍の字に込められた意味も相まって、一花の胸が熱くなる。ぐすっと洟をすすると、林蔵がすかさずハンカチを差し出してくれた。

藍里は散々頭を下げたあと、再びソファーに腰かけてポツリと言った。

「お父さんと早乙女さんが浮気してると思い込んでたとき、ものすごく腹が立った。だけど、早乙女さんの絵本だけはどうしても嫌いになれなかったんです。あたし、早乙女さんの絵、とっても好き」

早乙女は「あら」と頰に手を当てた。

「ありがとう藍里さん。絵本の中で、森の動物たちがデイジーを励ますでしょう？　そのシーンを描くとき、わたしのことを助けてくれた今江さんやカウンセラーの先生を思い浮かべていました。みなさんへの感謝を込めた一冊です。……面と向かって褒められると、照れちゃうわ」

「私も藍里と同じ意見だ。その絵本は素晴らしい。これからも応援しているよ、早乙女藍里先生」

修も娘の意見に賛同した。絵本作家はますます照れて頬を赤らめる。

「ちょっと、先生だなんてやめてください、今江さん」

「謙遜はいらんよ。こんなにいいものを描けるんだから、もっと自信を持てばいい」

「あたしもそう思う！　そうだ、早乙女さん……いえ、早乙女先生。この絵本にサインください！」

藍里はテーブルの上に置いてあった『デイジーとだいじなともだち』を手に取った。早乙女は途端に目を丸くする。

「サインなんて、どうしましょう。あまりしたことがないのよ」

「そこをなんとかお願いします。『藍里さんへ』って入れてくださいね！」

「藍里……その絵本はお父さんが買ってきたんだが……」

「えー、お父さんってばケチ臭いなぁ。じゃあ『藍里&修へ』でいいです！　ねぇ早乙女先生、お願いします」

一冊のかわいらしい絵本を前にして、父と娘……そして一人の絵本作家が会話を弾ませている。

親子の絆が、より強くなったような気がした。そんな光景を眺めているうちに、一花の頬が自然と緩んでくる。

笑顔の輪は、次第に広がっていった。

だが、ただ一人、リヒトだけが口を真一文字に結んでいた。宝石のような青い瞳に、複雑な影を映して。

7

今江親子と早乙女は、三人で食事に行くという。藍里が希望したお台場のレストランまで、林蔵が車を出すことになった。

「拓海ももう帰ってよ。謎は解けたし、用は済んだだろう」

松濤の家に残っていた拓海に向かって、リヒトが不機嫌そうに言い放つ。

「いや、そういうわけにはいかないぞ。今江家の謎は解消したが……我が東雲家にはまだ問題が残っている。リヒト、そろそろきちんと話し合おう。東雲コンツェルンでは今、後継者を誰にするのか争いが起こっている」

「……そんなの、僕には関係ないよ。僕は東雲家にとって『出てきてはいけない子供』なんだろう？　本家の敷居を跨ぐなと言って追い払ったくせに、面倒なことに巻き込まないでほしいね。僕はここで謎解きができればそれでいい。次期総帥の座に興味はない」

「リヒトに興味がなくても、東雲家に名を連ねている以上、いずれコンツェルンの後釜問題に巻き込まれる。総帥を務める父への反対勢力が、長男の私ではなく次男のリヒトを後継に立てようと画策しているんだ。このままでは、いずれ大きな衝突が起こる」

今は関連企業で修業中の身だが、拓海は東雲家の長男として、将来的に総帥の地位を継ぐとされている。

だが、何やら暗雲が垂れ込めているようである。

「僕は総帥なんかにならない。興味がないって言ってるだろう」

「リヒトの意思は関係ない。対立候補になりえる存在がいる——そのこと自体が問題なんだ。私を含めた現総帥の派閥に楔を打ち込むためなら、反対勢力はどんなことでもする。リヒトが与り知らぬうちに、神輿の上に乗せられているかもしれないぞ」

「そんなの知らないよ。勝手に巻き込まれるなんてまっぴらだ」

「だろう。だからあらかじめ話し合っておこうと言っている。反対勢力が何か仕掛けてくる前に、兄弟で——いや、父と私とリヒトでがっちり手を組んでおけば……」

「僕が東雲家と手を組むだって?!　何言ってるの。そんなのありえない！」

リヒトはとうとう大声を上げた。

ずっと黙っていた一花だったが、たまらず割って入る。

「リヒトさん、そんなに怒らなくても……」

「怒ってないよ。呆れてるだけさ。東雲家の面々は、外では『次男も大事な息子です』と言うけど、実際は僕を爪弾きにしてる。平然と嘘を吐く人間は信用できないね。こんな状態で、どうやって手を組むの？」

肩を竦めてみせた義弟に、拓海は冷静な面持ちで語りかけた。

「少なくとも私は、リヒトのことを家族だと思っている。今はこじれているが、話し合えばわだかまりはほどけるはずだ。先ほどの、今江親子のようにな」

「あれは……レアケースだよ。たまたま謎が解けただけだし」

青い瞳に影が落ちている。さっき藍里たちを眺めていたときと同じ目だ。それっきり、貴公子探偵は口を噤んでしまった。

「ひとまず、この話はここまでにしよう。……ところで一花くん。私は今日、君に折り入って話がある」

埒が明かないと思ったのか、拓海はいったん話を打ち切り、重たい空気を追い払うように振り返った。

名指しされた一花は、自分を指さす。

「私に？　何のお話ですか？」

「一花くん。私と――結婚を前提に交際をしてくれないだろうか」

訪れたのは、珍妙な間。

一花が「……はぁ？」と首を傾げる寸前、横合いからガタッと物音が聞こえてきた。リヒトがソファーの上で半分ずっこけている。いつも優雅な貴公子が、ここまで驚くのは珍しい。

「冗談だよね、拓海」

拓海はそんな義弟を無視して、真剣な顔で一花を見つめた。

「一花くん。私と交際してほしい」

「はっ、あの、なっ」

何の冗談ですか？

そう尋ねようとしたが、一花は口を開くことができなかった。拓海の表情は鬼気迫っている。頬も僅かに上気していて、とても軽く流せる感じではない。冗談などではなく、本気なのだ。

「私はいずれ東雲家を継ぐ。実は周りから、そろそろ身を固めろという話が出ているんだ。人生をともに歩むことを考えたとき、浮かんできたのは一花くんの顔だった」

「え……そこでなぜ私なんですか？」

真顔で尋ねてしまった。

拓海と知り合って、まだ半年も経っていない。しかも毎日顔を合わせているわけではなく、せいぜい会話を交わす程度の仲だ。それがどうして今こんな展開になっているのか、一花にはさっぱり分からない。

「私は異性と対峙するとやや緊張するのだが、一花くんの前では比較的肩の力を抜くことができる。ここまでリラックスして話せるのは君だけだ。それに、一花くんの作る料理は最高だ。何度か味わったことがあるが、非の打ち所がない。君以上の女性は、おそらくこの世にいないだろう」

「いやいや、褒めすぎですよ、拓海さん。それにいきなり交際なんて、話が飛躍しすぎだと思うんですけど」

おずおずと言葉を返すと、拓海は僅かに視線を落とした。

「無論、こんなことを突然言い出せば、一花くんが戸惑うのは分かっていた。最初は何気ないアプローチから始めるべきなのだろうが……残念ながら私は恋愛経験に乏しく、高度なことはできない。三日三晩寝ずに考えた結果、ありのままの想いを伝えることにした。もう一度言うが、私と交際してくれないだろうか」

向かい合っているうちに、鼓動がどんどん速くなってきた。ただただ立ち尽くす一花を見て、拓海の真面目な表情がふっと緩む。

「今すぐに返事をくれとは言わない。ひとまず、これを受け取ってほしい」

拓海はソファーの上に置いてあった己のアタッシェケースからカバーのかかった重厚なノートを取り出し、一花の手に握らせた。

表紙には、右上がりの達筆な手蹟《て》で何やら文字が書いてある。

「交換日記……？」

書かれていた通りに読み上げてみたが、一花の脳内には疑問符の嵐が吹き荒れた。拓海は片手をオールバックの髪に当て、やや頬を赤らめる。

「男女交際の第一歩は、交換日記からというのがセオリーだろう。私の分はすでに書いてある。一花くんもそこに想いを綴ってほしい」

「——は?!」

という溜息に似た何かを吐き出したあと、とうとう一花は絶句した。脳内で渦巻いている言葉を、リヒトが代わりに叫ぶ。

「交換日記って……一体いつの時代の話をしてるんだよ、拓海!!」

拓海は家政婦（仮）と貴公子の視線を軽く受け流し、アタッシェケースを持って立ち上がった。

「今日のところはこれで失礼する」

「あ、拓海さん、待ってください！」

すたすた部屋を出ていった拓海を、一花は慌てて追いかける。

カバー付きのノートがまだ手元に残っていた。このままでは、交換日記を受け取ったことになってしまう。

「あの、拓海さん。このノート……」

長身の弁護士に追いついたのは廊下の途中だ。声をかけると、拓海は立ち止まって一花に向き直った。

「一花くん。そういえば、君に礼を言い忘れていたな。今江親子の件では、何かと手伝ってくれたと聞いている。世話になった」

「あ、いいえ、私は何も……。謎を解いたのはリヒトさんです」

改めて礼を言われ、一花の方が恐縮してしまう。

リヒトの名前が出たことで、拓海は僅かに表情を曇らせた。

「今、リヒトは東雲家から除け者にされている。特に、私の母がリヒトを敵視している状態だ。……まぁ、母の気持ちも分からなくはない。リヒトは隠し子。あえて別な言い方をすれば、父の不貞の証だからな」

東雲家の内情を持ち出され、一花はどう言葉を返したらいいのか分からなかった。ただ黙って、拓海の話に聞き入る。

「リヒト本人も、東雲家を避けている。私は義弟のことが気がかりでこうして顔を見にきているが、一人で立ち回ったところで家族に入った溝は埋められないだろう。……いろいろと、上手くいかないものだな」

クールな横顔に、寂しさが見え隠れしている。一花が「拓海さん……」と呼びかけると、そこに微かな笑みが浮かんだ。

「この家に一花くんや林蔵さんがいてくれて、私は安心している。これからもリヒトのことをよろしく頼む」

見送らなくていい。そう言い残して、背の高い弁護士は立ち去った。

一花は遠くなっていくスーツの背中を黙って見つめていた。腕に、返しそびれてしまったノートを抱えたまま。

チョイ足し二品目　キラキラふっくらイクラ丼

1

「わたくし、大変困っているのです。探偵さん、どうかお力をお貸しいただけないでしょうか」

松濤の家の客間に、悲痛な声が響き渡った。僅かに白髪の交じったボブカットの婦人が、眉をハの字にしてさらに言う。

「探偵さんは、今までいろいろな難事件を解決されたと伺っております。もう、あなたにお縋りするしかありません。このままでは生徒たちの大切な学び舎が――」

スリーピースのツイードスーツに身を包み、とうとう泣き崩れてしまった婦人の名は、南紅葉《みなみもみじ》。年齢は五十六歳。十月に入ってすぐの今日、貴公子探偵のもとを訪れた依頼人である。

柔和な顔立ちの南は、『サザンクロス学園』という学校法人の経営者兼学園長を務めている。

いわゆる良家の子女が多く集まる学校で、学園長の南自身もかなりのセレブだ。富裕層が集まるちょっとしたパーティーで、セレブたちの抱える謎をたちどころに解決する貴公子探偵の噂を聞き、わざわざ松濤の家にやってきたという。

中等部と高等部からなる学び舎が設立されたのは五十年以上前のこと。依頼はそのサザンクロス学園に関することらしいのだが……。

「ううぅ、どうしましょう。どうしてこんなことが起こったのかしら」

こんな風に、南はさっきから嘆いているばかり。どうにも話が進まない。

「南学園長、まずは少しリラックスした方がいいのではないか。——林蔵さん、彼女にお茶のお代わりを」

膠着状態の中、そんな提案がなされた。

発言者は長身の弁護士こと、拓海である。すぐさま燕尾服に身を包んだ執事が動き、依頼人の前にあった空のカップに香り立つ紅茶が注がれた。

「……ああ美味しい。取り乱してごめんなさいね」

温かなお茶を一口飲み、南はすとんと肩の力を抜いた。なんとなく場が和んだところで、貴公子探偵が小首を傾げる。

「それで、一体何に困ってるの？　僕はどんな謎を解けばいいのかな」

リヒトは一人がけのソファーにゆったりと腰かけていた。斜め前にある二人がけのソファーには拓海がいる。その拓海の向かい側に南が座っており、一花と林蔵は定位置……主の背後に並んで立っている状態だ。

南は手にしていたカップを静かに置くと、おずおずと切り出した。

「実は――半月ほど前からサザンクロス学園に『お化け』が出るのです」

「えええぇっー！」

一花は素っ頓狂な声を上げてしまった。

科学が発達したこの現代でお化けとは……大人が口にするにはそぐわない単語に思える
し、どう考えても非現実的すぎる。

リヒトも一花と同じことを思ったのか、難しい顔で「お化けか……」と呟いたあと、手
ぶりで南に話の続きを促した。

「サザンクロス学園高等部では、十月の半ばに文化祭を開催いたします。一年で一番大き
なイベントです。生徒たちはこの行事をとても楽しみにしていて、二週間ほど前から準備
に追われております。そのさなか、妙なものを目撃したという声があちこちから……」

「南先生自身は、何も見てないの？」

「わたくしは何も。今の時期は文化祭の準備のため、夜の八時過ぎまで校舎に残っている
生徒がおります。そういう生徒たちが、暗くなってから『それ』を見たと……」

「具体的に、どんなお化けなのかな」

「目撃した生徒によって表現は異なりますが、総じて言うなら――人魂《ひとだま》、でしょうか」

「人魂?!」

一花は再び大声を上げて、息を呑んだ。その隣では林蔵も面食らった様子で瞬きをして

いる。

いっぽう、リヒトはあまり表情を変えずに質問した。

「人魂って何？　詳しく聞かせてよ、南先生」

「生徒たちは『何か光る物体』だと言っておりました。夜になると突然現れて闇の中を漂い、どこかへ消えていくのだそうです。ただ飛んでいるだけならまだよかったのですが、先日、とうとう『被害』が出てしまいました。教室に飛び込んでいく人魂を、ある生徒が目撃して……」

南の説明によれば、その教室には文化祭で使う看板やパネルが置いてあったそうだ。

人魂が飛び込んでいったあと生徒が中を確認してみたところ、作製したばかりの看板が無惨にも破壊されていた。壊れ方からして、明らかに故意。生徒たちは怯えるとともに、とても悲しんだという。

「それから、人魂を見て驚き、転んで怪我を負った子もいます。かすり傷だったのですけど……。そういう妙なことが重なって、生徒たちが怖がっているのです」

不安になるのも無理はない、と一花は思った。

正体不明の光が飛んでいるだけでもかなりの恐怖なのに、看板まで壊されてしまった。心理的な面だけでなく、物理的なダメージまで加わったことになる。

「南学園長。警察には通報していないのだろうか。看板が故意に壊されていたのなら、捜査をしてもらえば何か分かるのでは？」

そう尋ねたのは拓海だった。

「一応、相談はいたしました。ですが、人魂だのお化けだの、そういう話には対応できないと……。看板が壊れたことについては、生徒同士のトラブルが原因ではないかと言われてしまいました」

南はしょげ返って首《こうべ》を垂れた。

かなり落ち込んでいてとても気の毒なのだが、一花にはどうしようもできない。警察の対応は、ごく当たり前といえるだろう。何せ相手はお化けだ。警備など無理である。

「警察は、生徒の誰かがわざと看板を壊したと思っているんだね？　南先生は、生徒同士の揉め事に関して何か知ってるのかな」

リヒトが聞くと、南は僅かに首を横に振った。

「いいえ。サザンクロス学園には個性豊かな生徒が集まっておりますが、大きなトラブルはありません。それに、看板が破壊されたとき、教室は施錠してあったのです。つまり、

――密室でした」

その瞬間、青い瞳に光が宿った。

「鍵がかかっていたって、どういうこと？　まず人魂が教室に飛び込んでいって、そのあと生徒が中を確認したんだよね」

「ええ。人魂を見た生徒たちがあとを追って教室に入ろうとしたところ、扉は施錠されていたそうです。生徒たちはまず職員室に行って鍵を借り、それから中に踏み込みました。

そこで看板が壊れているのを発見したのです。……わたくしの口から説明するより、当事者である生徒の話を直接お聞きになった方がいいと思います」

「分かった。僕は南先生の依頼を引き受けるよ。密室について生徒たちから話を聞きたいし、学校内の調査もさせてもらう。これは——美味しい謎になりそうだ」

密室という謎めいたワードが、探偵の心に火を付けたようだ。しかし、俄然やる気を見せたリヒトに、南は困り顔を向けた。

「依頼を受けて下さるのは嬉しいのですが、一つお願いがございます。探偵さんが調査に来ることを知ったら、生徒たちがそわそわしてしまうと思うのです。ただでさえ人魂の件で不安が募っているのに、これ以上学園内を混乱させたくありません。……ですから、生徒たちには探偵さんであることを伏せ、密かに調査を行っていただきたいのです」

「ん？　僕の身分を隠せってこと？　それで調査するとなると、少し厄介だね」

貴公子探偵の眉間に、僅かな皺が寄った。そこへ拓海が口を挟む。

「リヒト、南学園長の言うことは一理あるぞ。普段は生徒と職員しかいない学校に、探偵という異質な存在が突然乗り込んできたら、みんな緊張して正しい証言ができないかもしれない。ここは身分を伏せて調査に臨むべきだ」

「あのさぁ拓海、簡単に言わないでくれるかな。身分を伏せるって、具体的にどういう方法を取ればいいのさ」

「それは……」

長身の弁護士は、ぐっと言葉に詰まった。

美麗な探偵はそんな義兄を横目で眺め、溜息交じりに言う。

「南先生、とにかく依頼は引き受けるよ。調査方法についてはこれから検討して、追って連絡する」

南は泣きそうな顔で頷いた。

「分かりました。ご連絡、お待ちしております。わたくしは学園長として、得体の知れないものから生徒を守る義務があります。もしまた何か被害が出たら、安全を考慮して文化祭を中止にしなければなりません。それだけは避けたいけれど、警察には頼れない……。探偵さん、どうかサザンクロス学園を助けてくださいませ！」

貴公子探偵に何度も「よろしくお願いします」と頭を下げてから、南はお抱えの運転手を呼び、サザンクロス学園に戻っていった。

話が一段落したので、一花と林蔵は手分けして客間に置いてあったティーカップを片付け、リヒトと拓海に新たにコーヒーを出した。

それを一口飲んでから、リヒトが「あのさぁ」と不満げな声を発する。

「さっきから気になってたんだけど――拓海はどうしてここにいるの？」

そう言われて初めて、一花はハッとした。

今までごく自然に話に加わっていたのでスルーしていたが、よく考えてみれば拓海は謎解き業務とは一切関係ない。思いっきり部外者だ。

「私は南学園長より先にこの家に来ていたんだ。話が謎解きの件に及んでも出ていけとは言われなかったので、そのまま同席した」

名指しされた拓海は、しれっと答えた。リヒトは不満げな顔をさらに歪め、手にしていたコーヒーカップをテーブルに置く。

「そもそも、僕は家に上がっていいなんて言ってないけど」

「そうか？　私としては、了承を得ているつもりだったが。……林蔵さん、一花くん、どうだろう」

話を振られた執事と家政婦（仮）は、互いに顔を見合わせた。

拓海が松濤の家を訪ねてきたのは小一時間ほど前の昼下がり。一花はそのとき、林蔵と一緒に玄関から門にかけての掃き掃除をしていた。

現れた拓海を見て、髪が少し乱れているのに気が付いた。頬や手の甲もなぜかうっすら汚れている。

聞けば、すぐそこの道でうっかり足を取られ、傍にあった生垣に半分頭を突っ込んでしまったらしい。

「私と林蔵さんは、拓海さんを洗面所に案内しました。そこで手や顔を洗ってもらっていたらちょうど南さんが訪ねてきて、あとは成り行きというか……」

「――もういいよ、一花」

今までのことを一花がつらつら説明していると、リヒトはうんざりした口調でそれを止めた。

「そんなことよりリヒト、南学園長の依頼を受けたのだろう。身分を隠したままどうやって聞き込みや調査をするか、具体的な策は思いついたか」

拓海がサッと話題を変える。

そう、目下の問題はサザンクロス学園のことだ。リヒトも改めてそのことに思い至ったのか、気を取り直すように腕を組んだ。

「うーん、どうやって調査したらいいかな」

「僭越ながら、リヒトさま――」

林蔵が控えめに挙手をしている。忠実な執事は、主が目で許可を出すのを待ってから発言した。

「この林蔵が清掃作業員などに扮して学園に赴き、それとなく話を聞いてくるというのはいかがでしょう」

「変装か。なかなかいいアイディアだね。その方向で、少し作戦を練ってみようかな」

リヒトは執事の案に乗り気なようだ。しかし、一花は首を捻った。

(高校生の子たちって、林蔵さんに話をしてくれるかな……？)

林蔵は執事としてだけではなく、探偵の助手としてもかなり優秀で、聞き込みや調査の場数をそれなりに踏んでいる。

だが、高校生とはあまりにも年齢がかけ離れている。ティーンエイジャーからさりげなく事情を聞き出すことなど、できるのだろうか……。

「変装して学園に紛れ込むなら、林蔵さんより相応しい人物がいるぞ」

そこで、拓海がパチンと指を鳴らした。リヒトは怪訝そうに眉根を寄せる。

「相応しい人物？　一体誰のこと？」

「決まっているだろう――リヒト自身だ」

「……は？　僕？」

「ええぇっ！　リヒトさんですか?!」

貴公子探偵と家政婦（仮）は、同時に驚愕の声を上げた。執事も「なんと……」と呟いて目をパチパチする。

拓海はみんなの反応を見ながら、メタルフレームの眼鏡を押し上げた。

「よく考えてみたまえ。生徒たちが一番警戒しない相手……それは歳の離れた大人ではなく、同じ生徒だ。学園内で聞き込みをかけるなら、十七歳のリヒトが生徒に変装するのが一番手っ取り早い」

「そんなの嫌だよ。僕は――」

「ああっ、それナイスアイディアだと思います、拓海さん！」

リヒトが何か言うより前に、一花は身を乗り出していた。

木を隠すなら森の中、学校に潜入するなら十七歳の美少年。拓海の提案は、まさに完璧だ。

「一花も拓海の案に賛成なの……？」

リヒトは顔を引きつらせながら、最後の砦……林蔵を仰ぎ見た。

うら若き主の視線をまっすぐ受けた執事は、恭しく頭を下げてから言った。

「この林蔵、学生に扮するリヒトさまのお手伝いを、誠心誠意させていただきます」

勝負あり。

こうして調査方針は無事に（？）決まったのである。

2

（うわぁ、眩しい——眩しすぎる！）

広いリビングで、一花は目を細めた。

輝いて見えたのは、差し込んでくる朝日ではない。佇んでいるリヒトの姿だ。

しなやかな肢体を包んでいるのはいつもの三つ揃いのスーツではなく、紺のブレザーとグレンチェックのスラックス。首元には緑色のネクタイが巻かれている。

ブレザーの胸には十字架と星をあしらったマークが刺繍されていた。私立サザンクロス学園の校章である。

「リヒトさん、こっち向いてください！」

一花は前のめりになりながら、スマートフォンを取り出して写真を撮った。するとそこに、別のシャッター音が重なる。

「リヒト、まっすぐ立って、もう少し顔を上げてくれ」

パシャパシャパシャパシャ……パシャッ！

拓海が一花と同じようにスマートフォンを掲げ、制服姿のリヒトを景気よく連写した。一定のアングルを撮り終えると、今度は自ら部屋の反対側まで行って指示を飛ばす。

「リヒト、立ち位置をもう少し左に。それから、視線を私の方に……」

「――いい加減にしてよ、二人とも！」

嵐のようなシャッター音をかき消すように、リヒトは両手を振り回した。ついでに口を尖らせる。

「僕は見世物じゃないんだよ？　勝手に何百枚も写真を撮らないでくれるかな」

「す、すみません。制服があまりにもお似合いだったので……つい」

一花は慌ててスマートフォンを引っ込めた。拓海もそれに倣う。

しかし、美しい顔に浮かんだ怒りの表情は消えない。

「そもそも、僕は飛び級で大学まで出てるんだ。何で今更、ハイスクールの制服なんて着なきゃいけないの?!」

リヒトが生徒に変装して調査をする、という案を電話で伝えると、学園長の南は手放しで賛同した。さらにものすごいスピードで制服や教科書などを手配して、ゆうべのうちにリヒトを転校生として受け入れる準備を整えてくれた。

リヒトは今日からサザンクロス学園高等部の二年生として校内に潜入し、生徒に聞き込みをかけることになっている。

そのことをいったんは了承したのに、本人はかなり不満げだ。

「制服なんて子供っぽくて嫌だよ。それにこのネクタイ、やたらと生地が滑って上手く結べないんだ」

言われてみると、確かに緑色のネクタイが少し曲がっていた。

セレブな生徒が集う学園の制服は、生地がとても上等だ。真新しいシルクのネクタイは少し結びにくいようである。

一花はリヒトの傍にサッと歩み寄った。

「リヒトさん。よかったら私が直しましょうか？　基本的な結び方だったらできますよ」

一花が通っていた高校でも制服にネクタイが取り入れられていた。一番簡単なプレーンノットなら、目をつぶってでも結べる。

「じゃあ、ちょっと失礼しますね」

リヒトが黙って頷いたので、一花は華奢な首元に手を伸ばした。緩すぎたりきつすぎたりしないように気を付けながら、手早く形を整える。

「はい、これでまっすぐです」

「うん。ありがとう」

リヒトは僅かに口角を上げた。どうやら不機嫌さは消え失せたようで、一花はとりあえずホッとする。

その瞬間、横合いから『パシャッ』と音がした。

「リヒト、身体をこちらに。ネクタイが整ったところをカメラに収めたい」

「拓海……もうやめてよ」

綺麗な顔が再び歪んでしまった。リヒトはスマートフォンを手にした拓海を、鋭い目で見つめる。

「そもそも、どうしてまた拓海がここにいるの？　こんな朝早くに押しかけてきて、一体何の用？」

現在の時刻は七時。拓海は昨日も含めて二日連続で松濤の家を訪れていることになる。

しかも今日は、初めから異様にテンションが高い。

「今回は一花くんや林蔵さんに無理を言って強引に上がり込んだ。リヒトの制服姿を見るチャンスなど、二度とないかもしれないからな。目とカメラに焼きつけておかなければ。さあ、こちらに視線をくれ、リヒト」

「だからさ、見世物じゃないって言ってるだろう！」

スマートフォンを掲げた拓海から身を隠すように、リヒトは足元に置いてあったスクールバッグを持ち上げる。

義理の兄弟が小競り合いを繰り広げる中、穏やかな声が聞こえてきた。

「――リヒトさま、そろそろ出発の時間でございますが、ご準備の方は……」

現れたのは林蔵である。

その瞳が、まん丸になった。しばらく己の主を見つめていた執事は、やがて真っ白なハンカチを取り出して目元に押し当てる。

「まさか、リヒトさまが制服をお召しになるとは。出会ったときよりも一層ご立派になられて、この林蔵、久々に心を打たれましたぞ。僭越ながら、お写真を一枚、撮影させていただきたく――」

涙ぐんでいる執事を見て、リヒトはサラサラの金髪をかきむしりながら叫んだ。

「林蔵まで何を言い出すの?!　これじゃあまるで……小学校の入学式だよ！」

結局リヒトは、林蔵に拝み倒されて門の前で写真撮影に応じた。

朝早くから訪ねてきた拓海はそこで一花たちに別れを告げた。仕事に行く前のごく短い時間、リヒトの制服姿を見るためだけに松濤の家に立ち寄ったそうだ。

いつもより騒がしい朝となったが、いよいよ調査開始である。

リヒトと一花と林蔵は、早速サザンクロス学園に出向いた。実は、校内に潜入するのは生徒に扮したリヒトだけではない。サポート役として、一花と林蔵もそれぞれ事務員と清掃員に化け、調査に加わることになっている。

サザンクロス学園があるのは品川区《しながわく》。かつて葛飾北斎《かつしかほくさい》の浮世絵にも描かれたことのある桜の名所・御殿山と呼ばれる高台のあたりだ。

校舎はまるで美術館のようだった。モダンでデザイン性に優れている。さらに、良家の子女が通っているだけのことはあり、送り迎えの車が乗り入れられるロータリーが完備されていた。

林蔵の運転でサザンクロス学園に辿り着くと、リヒトは若い教師の案内で所属先である二年A組の教室へ行くことになった。

いっぽう、家政婦（仮）と執事が通されたのは学園長の執務室だ。

部屋の中にあるのは、大きなマホガニー製のデスク。『学園長』というゴールドのプレートが置かれたその席に、南が座っている。

机の傍らには、男女が一人ずつ立っていた。男性の年齢は三十に届くか届かないか。女性はそれより五歳ほど上に見える。

南はその二人を手の平で指し示した。

「林蔵さんに、一花さん……とお呼びしていいかしら。ようこそサザンクロス学園へ。こちらにいるのは、我が校の教師です」

「大賀《おおが》美《み》玲子《れいこ》です。数学を担当しております」

まず先に名乗りを上げたのは、女性教師だった。

一言で表すなら、クール。小柄だが引き締まった身体を灰色のパンツスーツで包み、肩までの黒髪を後ろでひっつめにして、眼鏡をかけている。

全体的に、生真面目かつ気難しい雰囲気が漂っていた。そんな大賀美は、隣に突っ立っていた男性教師を肘でつつく。

「槇田《まきた》先生、ぼーっとしてないで、あなたも自己紹介を」

するると、長身の男性教師はビクッと肩を震わせた。

「あっ……はい、すみません！　ま、槇田圭介《けいすけ》です。担当は、地学」

シャキッとしている大賀美と比べて、槇田はどこか頼りなく見える。短い癖毛は方々に撥ね、身に着けている白衣とネルシャツはおそらくノーアイロン。スタイルはよく、身長もかなり高そうだが、ひどい猫背がそれを台無しにしている。

南は対照的な二人の教師を見ながら言った。

「大賀美先生は、教務主任を務めるほど優秀なんですよ。文化祭の責任者も兼ねてもらっています。槇田先生は責任者のサブとして、大賀美先生の補助を。……今回の件は文化祭の準備中に起こったことですから、二人の先生方には探偵さんたちのことを話してあります。逆に言えば、わたくしと大賀美先生と槇田先生以外、調査の件は知りません。昨日も申し上げましたが、学園内を混乱させたくないので、お手数ですが他言無用でお願いいたしますね」

「分かりました」

一花は首肯した。横では林蔵も「承知いたしました」と頭を下げる。

「さて、そろそろ八時半です。授業が始まりますから、挨拶はここまでにいたしましょう。

大賀美先生と槇田先生は、生徒たちのところへ行ってください」

南に指示されて、二人の教師はぺこりと頭を下げてから部屋を出ていった。一花は脇にあった窓にふと目を向ける。

ガラスの向こうに、サザンクロス学園のグラウンドが見えた。端の方にいるのは、紺色のジャージを着た生徒たちだ。これから体育の授業が始まるらしい。

（こういうの、なんだか懐かしいなぁ）

自分の高校時代を思い出し、顔が綻んだ。

体育がある日は、着替える手間を考えてあらかじめ制服の下に体操着を身に着けて登校していた。今グラウンドにいる生徒たちも、そうなのだろうか。

実家が貧しく、一花は奨学金を利用して高校に通ったが、今でも行ってよかったと思っている。十代の終わり、友人たちと机を並べて過ごした時間は宝物だ。

のびのびと身体を動かしている生徒たちに過去の自分を重ねていると、南に名前を呼ばれた。

「一花さん、そして林蔵さん。お二人は一応、臨時採用の職員ということになっております。一花さんは事務作業を、林蔵さんは校内の清掃をしながら、それとなく調査をしていただくことになります」

「学園長どの、心得ております」

林蔵がすかさずお辞儀した。

執事のトレードマークといえば燕尾服だが、今日の林蔵は水色の作業服を着ている。一花の方は紺色のパンツスーツ姿だった。ゆうべリヒトのサポートとして学園に潜入することが決まってから、急いで揃えた変装用の服である。

南は、一花たちに職員用のネームプレートを貸し出してくれた。これを首からかけていれば、校内のどこにいてもさほど怪しまれない。

もろもろの準備が整うと、ここからは各自単独行動だ。

ひとまず事務員（偽）は事務室へ。清掃員（偽）は校舎一階の掃除用具入れへ赴くことになった。

（よし、頑張らなきゃ）

林蔵と学園長室のドアの前で別れてから、一花は一人、気合いを入れた。リヒトのサポートとはいえ、自分でもできる限り情報を集めたい。

ところが、使命感に駆られてずんずん歩いていた一花の耳に、何やらまくし立てるような声が聞こえてきた。

「ちょっと槇田先生、区役所に提出する書類はできたの？　防火に関するものよ。一週間前からずっと言ってるのに今日になっても出ていないようだけど、一体どうなっているのかしら?!」

学園長室を出てすぐのところにある階段でワンフロア下に下り、そのまま廊下をまっすぐ五十メートルほど歩き、突き当たりを曲がろうとしていたところだ。

どことなく不穏なムードを感じ取った一花はその場で動きを止め、曲がり角の壁を使って身を隠しながら様子を窺う。

「あれはとても大事な書類なの。区に提出しないと文化祭が開催できないのよ。まさか書いてないなんて言わないわよね」

早口で喋っているのは大賀美だった。その向かい側には槇田がいる。

「大賀美先生、すみません。書類は昨日書きました。今、持ってきています。えーと、えーと……どこにしまったかな」

槇田はぺこぺこ頭を下げつつ、身に着けていた白衣やシャツ、そしてチノパンツのポケットを順にまさぐった。

やがてよれよれになった紙を引っ張り出し、大賀美に手渡す。

「ありました。防火の書類です。……すみません、つい遅くなって」

「全く、槇田先生はいつものんびりしてるんだから。……まぁいいわ。これは私が区役所に提出しておく。これからは何事も早めに取りかかってちょうだいね」

「はい、毎度毎度すみません、大賀美先生」

腰に手を当てて怒る大賀美は、とても教師らしく見えた。その反面、項垂れている槇田の方はまるで叱られている男子生徒だ。

さっき学園長室で見かけたときも、しっかり者の大賀美が頼りない槇田をリードする形だった。この二人は普段からこんな調子なんだろうな……と簡単に予想がつく。

「じゃあ、僕は地学室に行きますんで」

槇田は散々頭を下げてから、一足先に立ち去った。

残った大賀美は、手元にあったよれよれの紙にクールな眼差しを落とす。

「――こんなの、提出するわけにはいかないわね」

微かな声のあと、紙を引き裂く音があたりに響いた。大賀美の手で、書類がびりびりに破かれているのだ。

曲がり角の壁に隠れながら、一花は呆然とそれを眺めていた。

無言で紙をちぎり続ける大賀美の姿はどこか異様で……その光景は頭から離れなくなった。

3

臨時採用の事務員を演じつつ、校内を探る――それが一花に課せられた役目だが、思っていた以上に難しかった。

特に今日は初日ということで、同じ事務員や教職員の顔を覚えるだけで精一杯だ。怪しまれないように校内に溶け込むためには表向きの仕事をおざなりにできず、結局調査らしいことは何もできないうちに時間が過ぎてしまった。

放課後、変装用のスーツのポケットがブルブルと震えた。そこに入れていたスマートフォンに、リヒトからメールが届いたのだ。

『旧校舎の三階で待ってて』

メッセージを見た一花は、周囲の者に適当な理由を言って事務室を離れ、指定された場所に向かうことにした。

事前に南からサザンクロス学園の見取り図をもらっている。それを眺めると、どうやら目的の場所へ行くには廊下をえんえん歩かなければならないらしい。

表向きの事務仕事をしている最中、一花は周りの同僚から学園の特徴や歴史などをざっと聞いた。

それによれば、サザンクロス学園は今年で創立五十四年。創立者は、現在の学園長である南の祖父だ。

貿易会社を経営していた彼は子供の教育に関心が高く、資金をふんだんに投じて豊かな学びを提供するための場所を自ら設立した。

学園の経営は孫の南に引き継がれたが、常に最新の教育を取り入れることを心がけているそうだ。また、子供たちが快適に学べるよう環境には特に配慮。校内の大半の場所には冷暖房が行き届いていて、生徒や教師が使うパソコンなど、小物一つ取っても一番上等のものが設置されている。

立派な施設や教材を揃えたサザンクロス学園はそれなりに学費が高く、裕福層の子供たちが集まっている。

寄付金も多く、十年ほど前、それを元手に校舎の改築が行われた。

同時に、学校のシステムも新しくなった。それまでの学年制に代わり、現在は高等部に単位制が導入されている。入学の時期に拘わらず、自分の好きなペースで決められた単位を修得すれば卒業できる制度である。

三年で単位を取りきれなかったときは、翌年以降に不足分だけを取得すればいい。留年……つまり、同じ学年を初めからやり直すことになる従来の制度よりフレキシブルだ。

単位制のメリットは、生徒一人一人に合ったカリキュラムが組みやすいこと。

特に恩恵を受けるのは、芸能活動をしている生徒や、スポーツの世界で活躍する生徒、さらに海外留学を考えている生徒や帰国子女だろう。勉強と他のことを両立させたい者、日本とは卒入学の時期が違う国を行き来する者にとっては、フレキシブルな制度のある学校の方が通いやすい。

サザンクロス学園高等部は、この単位制を活かして様々な事情を抱えた者を受け入れている。生徒たちは十人十色。場合によっては年齢も異なる。ゆえに、何らかの理由で一度高校をドロップアウトした生徒でも馴染みやすいとのこと。

仕事中に聞いた話を思い出しながら歩いているうちに、一花はちっぽけな建物の前に辿り着いていた。メイン校舎と渡り廊下で繋がった、離れのような場所だ。

十年前に建て直されたメイン校舎はかなりモダンで、どこもかしこもまだ綺麗だが、目の前にある建物はとても古い。

ここは、十年前に唯一リフォームされなかった棟。生徒や職員たちからは『旧校舎』と呼ばれている。

鉄筋コンクリート製の三階建てで、小ぢんまりとしていた。以前は理科室や家庭科室があったが、現在はどの教室も使われていない。

リヒトはこの旧校舎の三階で待てと指示してきた。一花はそれに従って、中に足を踏み入れる。

電気は通っているらしく灯りはついているが、建っている位置が悪いのか、日の光が届かず全体的に薄暗かった。エアコンの類も、この旧校舎には設置されていない。壁はコンクリートが剝き出しになっていて、ひんやりと冷たい感じがする。

廊下を進んでいくと、『家庭科室』や『理科室』というプレートがあり、開け放たれた引き戸から室内がちらりと見えた。

空き教室ということだったが、中にはいろいろなものが置かれていた。

黒い布や、不気味な絵が描かれた大きな板、それに木枠を組んで作った装置など、どれも授業とは関係なさそうだ。

眺めているうちに、文化祭で使うものだと気付いた。この旧校舎で、何か出し物をするクラスがあるのだろう。

一階と二階の教室はどこも同じように布や板などが散乱していたが、三階まで上がると様子が一変した。すべての部屋が施錠されていて中が見えず、あたりは少し埃っぽい。

まるで廃墟のようだった。階段を上がったところから続く廊下の果てには、ボロボロになった椅子や机、さらによく分からないガラクタが積み上げられている。

そのガラクタの前まで来たところで、一花は足を止めた。

(ここで待ってればいいよね?)

心の中で呟きつつ、手近にあったガラクタの山に目をやる。

壊れた机や椅子はまだいいとして、他は中途半端な木切れやプラスチック片、鉄くずなど、よく分からない物体ばかりだった。

一番手前に、綺麗なプラスチックのカゴがある。上部に蓋と取っ手がついていて、中に何かを入れて運ぶためのキャリーケースらしい。

ここにあるのはどう見ても廃材だ。本格的に処分する前に、一時的に保管してあると思われる。

ということは、まだ新しく見えるキャリーケースも誰かが捨てたのだろうか。いずれにせよ、やはりよく分からない代物である。

「一花、待たせたね」

しばらくそこで佇んでいると、リヒトが姿を見せた。美しく華やかなオーラが、薄暗い場所をたちまち明るくする。

「リヒトさん、お疲れさまです! 高校生になってみて、どうでした?」

一花は真っ先にそう尋ねた。あたりをきょろきょろ見回していたリヒトはいったん動きを止め、微妙に顔を顰める。

「よく分からないな。まだ初日だし。休み時間のたびに質問攻めで、疲れたよ。みんな、転校生がそんなに珍しいのかな」

転校生が……というより、リヒトが珍しいのだろう。美しすぎて。

一花は質問攻めに遭っている貴公子を想像して忍び笑いをした。『疲れた』と言うからには、相当いろいろ聞かれたに違いない。それに何と返したのだろう。

「——リヒトさま、お呼びでしょうか。おや、一花さんもいらっしゃいましたか」

そこへ、水色の作業服を着た林蔵がやってきた。リヒトは微妙な顰め面をパッと笑顔に変える。

「林蔵、待ってたよ。見聞きしたことを報告し合おうと思ってね。いったん集まることにしたんだ。ここ……旧校舎の三階は物置みたいなもので、あまり人の出入りがないらしい。秘密の会議にうってつけだろう」

ここに来いというメールを、リヒトは林蔵にも送っていたようだ。

というわけで、即席の報告会議が始まった。進行役の貴公子探偵に指名され、まずは一花が今日の出来事を話して聞かせる。

……といっても、ほぼ事務の仕事に追われていて、変わったことなどなかった。

唯一気になったのは、大賀美の件だ。槇田がせっかく書いてきた書類を、なぜびりびりに破いていたのか。

「大賀美先生は『とても大事な書類』かつ『区に提出しないと文化祭が開催できない』と言ったんだね。そんなに重要なものを破るなんて、おかしいな」

一花の報告を聞いて、リヒトは腕組みした。しばらく考えたあと、やや険しい顔つきになる。

「……もしかして、大賀美先生は、文化祭を開催したくないのかもしれない。だから大事な書類を破ったんだ」

「えぇっ！　だって、あの先生は文化祭の責任者ですよね」

今朝、学園長の南がそう言っていた。責任者なのに文化祭をやりたくないなんて、そんなことがあるだろうか。

「自ら望んで責任者になったわけじゃなく、いやいや引き受けた可能性もある。文化祭そのものが好きじゃなくて、実は潰したいと思ってるのかもしれないよ。……となると、人魂騒動は大賀美先生の仕業かな。文化祭の準備中に何か厄介な事件が起これば、行事そのものを中止にできるからね」

「そんな……」

一花はがくりと肩を落とした。生徒たちが楽しみにしている文化祭を、教師が潰そうとしているだなんて悲しすぎる。

「もし大賀美先生の仕業だとしたら、どうやって人魂を飛ばしたんですか？　人魂って、お化けと一緒に出てくるものですよね。人工的に作れるんでしょうか……」

溜息交じりに尋ねると、リヒトは「まだ分からない」と首を横に振った。

「例えば、火を付けた布を細いワイヤーか何かに結んで揺らせば人魂らしく見せることはできると思う。だけど、手段の検討はあとにしよう。今は情報集めの方が先だよ。……林蔵は、何か聞いてない？」

「実はこの林蔵も、大賀美先生の噂を耳にしております。リヒトさまが先ほど仰っていた通り、大賀美先生は文化祭の責任者を積極的に引き受けたわけではない模様です」

清掃員になりすました林蔵は、何人かの職員とさりげなく接触を図り、情報を聞き出していた。

文化祭の責任者を決める際、引き受けてくれる教師がなかなか見つからず、学園長の南はだいぶ気を揉んでいたらしい。

責任者ともなると、通常業務に加えてさらに雑多な仕事が増える。ただでさえ忙しい教師たちはみんなその役目を敬遠し、最終的に教務主任の大賀美に白羽の矢が立った。

南に懇願され、大賀美は大役を引き受けた。しかし、そこで話は終わらない。校内のルールにより、文化祭の責任者は『二名』必要だったのだ。

もう一人の責任者を誰にするかは、大賀美の決断に委ねられた。

「そのもう一人の責任者というのが槙田先生なんですよね？　何でまた、あの先生なんでしょう」

一花は真顔で疑問を口にした。

槇田はいかにも頼りなさそうだ。大賀美に選択権があったのなら、もう少ししっかりした人を指名すればよかったのに……と思ってしまう。

「槇田先生以外、手が空いている方がいらっしゃらなかったのです。他の先生方は文化祭以外の行事に携わっているのですが、槇田先生は何事もゆっくり慎重に進める性質の持ち主で、ご自分の仕事だけに専念されていました。そんなわけで、他の先生方より時間に余裕があったのです。大賀美先生はそのあたりのことをふまえ、槇田先生をもう一人の責任者に任命されたのではないかと」

林蔵の言葉遣いはとてもソフトだが、言ってしまえば槇田は少し鈍臭いということだ。ゆえに今まで重要な仕事が回ってこず、一番暇だった。大賀美は他の教師たちの忙しさを考慮し、槇田をしぶしぶ指名したと思われる。

「実際のところ、槇田先生は名ばかりの責任者と聞いております。文化祭の準備は、大賀美先生がほぼお一人で進められているようです」

林蔵はそう言って話を締めた。

一花は廊下で槇田を叱りつけていた大賀美の姿を思い出した。きっとああやってせっつかなければ、のんびり屋の彼は仕事ができないのだ。尻を叩く方も大変である。

面倒事を引き受けてしまった大賀美は、やや鈍臭い相棒のこともあって文化祭に嫌気がさしているのかもしれない。だから人魂騒動を起こしたり書類を破いたりして、中止に追い込もうとしている可能性がある。

とはいえ、これはあくまで推論。今のところ証拠は何一つない。

「うん。だいたい分かった。じゃあ次は、僕が調べたことを報告するよ」

最後は、探偵自らが話し始めた。

「僕は二年A組に所属してるけど、あらかじめ南先生と打ち合わせてそうしたんだ。『人魂を見た』と証言した生徒が、このクラスに集中していたからね。実は二年A組は、文化祭でここ……旧校舎を使うことになってる。一階と二階に飾りつけをして、お化け屋敷をやるんだって。一番初めに人魂が現れたのは、この旧校舎だ」

「え、騒動の発端は、ここなんですか？」

一花は咄嗟にあたりを見回してしまった。

今いる三階に置いてあるのはガラクタだけだが、一階と二階の教室には布や板などが搬入されている。あれはどうやら、二年A組の生徒が文化祭で使うものらしい。

「最初は旧校舎にだけ人魂が現れたみたいだよ。ここで文化祭の準備をしてた二年A組の生徒が多数、それを目撃してる。でも今は別の場所にも出るらしいね。南先生が言ってた例の『看板破損事件』が起こったのも、ここじゃなくてメイン校舎にある一年F組の教室だよ」

リヒトは昼休みを利用して、その一年F組に聞き込みをかけたという。

F組の生徒たちは、五日ほど前に文化祭で使う看板を描き上げた。その日の作業はそれで終了。作製した看板はひとまずF組の教室に保管し、窓とドアを担任に施錠してもらって解散となった。

その後、昇降口付近でお喋りをしていた生徒五名が人魂を目撃した。慌てて追いかけると、それは自分たちのクラス……F組の教室に飛び込んでいったそうだ。

呆然としていると、中から何かが壊れるような音が聞こえてきた。

生徒たちは保管してある看板が気になった。教室に入ろうとしたが、さっき担任が施錠したばかりなのでドアが開かない。

そこで彼らは二手に分かれることにした。二名が職員室へ鍵を借りにいき、残った三名はドアの前で監視を続けたのだ。

やがて職員室に行った二名が鍵を持って駆けつけ、監視を続けていた三名と合流。急いでドアを開けて中に踏み込んでみたら、せっかく描き上げた看板が見るも無残な姿になっていた。

看板はもともと壁にちゃんと立てかけてあり、さらに転倒防止対策として丈夫な紐で固定してあったが、その紐がぷっつりと切られていたという。支えを失った看板はたちまち倒れ、傍にあった机の角にぶつかって真っ二つ……。

教室に入る前に生徒たちが聞いたのは、看板が倒れたときの音と思われる。その看板を固定していた紐は、自然に切れるような材質ではなかった。事故ではなく、明らかに何者かが手を加えたのだ。

「生徒たちがドアの鍵を開けて教室に入ったら、窓には内側からクレセント錠がかけられていたそうだよ。中には誰もいなかったし、人魂もどこかへ消えてたらしい。ドアの見張りをしていた生徒によれば、職員室に行った二人が鍵を持って戻ってくるまで、教室を出入りした人はいなかった。要するに――密室だね」

探偵が口にした通り、まさに密室だ。

さらに、人魂の件も大いに謎である。考えれば考えるほど難解な問題に思えてきて、一花は頭を抱えてしまった。

しかしリヒトは、緑がかった青い瞳をいきいきと輝かせて言う。

「細かい話をするなら、完全な密室じゃなかったみたいだよ。教室の廊下側に換気のための小窓があって、そこが五センチくらい開いてたらしい。一年F組の生徒は、人魂がそこから中に飛び込んでいくのを見てる」

たった五センチ。人魂は通れても、人間は無理だ。やはり密室と呼んで差し支えないな、と一花は思った。

「さて、今日集まった情報はこれで全部かな。また明日も引き続き調査しよう。……僕はちょっと、やることがあるから行くよ」

報告会議はここでお開きだ。

進行役を務めていたリヒトは、そのままくるりと踵を返す。

「あの、やることって何ですか、リヒトさん」

ブレザーを羽織った背中に一花が声をかけると、美麗な貴公子は顔だけを向けて、心底つまらなそうに言った。

「文化祭の準備だよ。僕も一応は二年A組のメンバーだから、少しは手伝わないとね」

今朝、リヒトは制服をやたらと嫌がっていた。一花はふと心配になった。

ブレザーの後ろ姿を見送ったあと、一花はふと心配になった。

(リヒトさん、周りから浮いてないかな……)

今朝、リヒトは制服をやたらと嫌がっていた。飛び級ですでに大学まで出ているせいか、高校に通うこと自体、どこか冷めているように思う。

それに、金色の髪とサファイヤの瞳を持つ貴公子は、ただ立っているだけで周囲を圧倒してしまう。そんなリヒトが、セレブとはいえ普通の高校生たちと仲よくできるのだろうか……。

そのことがどうしても気がかりで、一花はこっそり様子を窺うことにした。金色の髪を見失わないように、旧校舎から離れていく麗しき貴公子の姿を追いかける。

リヒトはいったん昇降口に回り、そこで上履きから革のローファーに履き替えて外へ出た。

「駆けていく方向からして、リヒトさまは裏庭に向かうようですな」

一花の隣には林蔵がいる。有能な執事もやはりリヒトのことが気になるようで、一緒に偵察することにしたのだ。

偽の事務員と清掃員は職員玄関から出て、引き続き貴公子を追った。

サザンクロス学園には、体育の授業や部活動などで使うグラウンドの他に、裏庭と呼ばれる場所がある。位置的にはメイン校舎の北側。グラウンドほど広くないが適度に開放感があって、キャッチボール程度なら問題なくできる。

リヒトはその裏庭に辿り着き、足を止めた。周りには多くの生徒がいて、みんな刷毛やペンキの缶を手に、大きな板と向かい合っている。

「一花さん、あちらに身を潜めましょう」

林蔵に導かれ、一花は手近な木の陰に隠れた。

裏庭にやってきたリヒトはしばらく一人で佇んでいたが、やがて十名ほどの生徒たちに取り囲まれた。

次第に他の生徒たちも輪に加わり、気付けばおしくら饅頭状態である。

人垣の中心にいるのはもちろんリヒトだが、そこに近い位置を占めているのはほぼ女子生徒だった。みんな代わる代わる熱い目でリヒトに何か語りかけ、答えが返ってくるたびに黄色い歓声を上げている。

やがて、髪が長くてかわいらしい女子生徒が、頬を上気させながらリヒトに小さなカードを手渡した。

実に爽やかで、微笑ましい光景だ。

(リヒトさん、さすがにモテるなぁ)

転校初日から女子に取り囲まれるとは、まさに美少年の本領発揮である。

一花が感嘆の溜息を吐いていると、数人の男子生徒がリヒトを人の輪から連れ出した。どうやら、これから文化祭の準備に取りかかるようだ。

男子生徒たちから何やら説明を受けたリヒトは、刷毛と明るい色のペンキを手にして、みんなと一緒に大きな板の前に立つ。

「――あっ、リヒトさんが笑った！　見てください、林蔵さん」

木の陰から見守っていた一花は、執事の服を引っ張った。

数名の男子生徒に交じってペンキを塗り始めたリヒトの顔に、晴れやかな笑みが浮かんでいる。

その表情には何のわだかまりもなかった。同じ年頃の生徒と何やら楽しそうに頷き合う様は、名探偵ではなく十七歳の男子高校生そのものだ。

「……リヒトさま」

林蔵が声を震わせた。温厚な瞳が微かに潤んでいる。無事にクラスメイトと馴染んでいるリヒトを見て安堵したらしい。

もちろん一花も感動した。そこでハッと閃いて、スマートフォンを取り出す。

この素晴らしい光景を、記憶だけではなく写真に残しておきたいと思った。それに、リヒトの義兄である拓海にも、ぜひ見せてやりたい。きっと喜ぶだろう。

一花は無言でシャッターボタンを連打した。林蔵も自分の携帯電話を構え、主の姿を撮影する。

「一花さん、我々はそろそろ退散いたしましょう」

「そうですね。リヒトさん楽しそうだし、心配することなかったみたいです」

思い思いの写真が撮れたところで、一花と林蔵は身を潜めていた木の陰からそっと抜け出し、そそくさとその場をあとにした。

とりあえず持ち場に戻るべく、揃ってメイン校舎の方へ足を向ける。

「おい莉々《りり》、お前も道具運び、少し手伝えよ」

「えーやだー！　あたし衣装係だもん。道具運びは武蔵《むさし》の仕事でしょ。ねぇ亮《りょう》くん」

「武蔵くん、僕が少し持つよ。重いから、莉々ちゃんには無理だと思う」

賑やかな声と軽快な足音が聞こえてきて、一花たちは立ち止まった。

前方から、二人の男子生徒と一人の女子生徒が歩いてくる。進行方向からして、裏庭に行こうとしているようだ。

武蔵と呼ばれた背の高い男子生徒は、ツーブロックの髪を茶色く染め、両腕に大量の木片を抱えている。その隣にいるのはショートカットの女子生徒。会話からして、名前は莉々だ。残る一人、『亮くん』は、セルフレームの眼鏡をかけていて、少し大人しそうに見える。

三人は連れ立って歩いていたが、やがて武蔵が何かに足を取られ、「おっと！」と前につんのめった。その拍子に、腕の中にあった大量の木片がバラバラと地面に散乱する。

一花と林蔵は、互いに顔を見合わせたあと、急いで三人のもとへ駆け寄った。

「大丈夫？　散らばったもの、拾うね」

「あ〜、すんません。手伝ってもらっちゃって」

一花が散乱している木片をいくつか拾って手渡すと、武蔵はしきりにぺこぺこしながらそれを受け取った。傍らでは、亮が林蔵と一緒に残ったものを集めている。

「もー、武蔵、ちゃんと前見て歩きなよ。危ないでしょ」

莉々が口を挟んできた。拾った木片を両脇に抱えながら、鋭い目で武蔵を睨みつける。

「へへっ、悪《わり》ィ悪ィ。油断した」

武蔵はへらっと笑ってツーブロックの頭を掻いた。

「随分たくさん木があるけど、文化祭の準備に使うの？」

一花が二人の生徒の手元を見ながら尋ねると、莉々が頷いた。

「はい。あたしたち二年A組なんですけど、文化祭当日は旧校舎でお化け屋敷をやるんです。今日は裏庭で大道具を作る日なんですよ！　あたしたちも、これからクラスのみんなに合流します」

武蔵・莉々・亮は揃ってリヒトのクラスメイトで、やはりこれから裏庭へ向かうらしい。それが分かった途端、一花は思わず身を乗り出していた。

「ねぇ、二年A組に転校生が来たでしょう？　もうお喋りとか、した?!　あ、実は私はその転校生の知り合いで……。どんな様子だったか気になってるの」

さっき見ていた感じでは、リヒトはクラスに馴染んでいたように思う。しかし、せっかくクラスメイトが傍にいるのだ。もう少し詳しいことを知りたい。

「あー、リヒトのこと？　休み時間に喋ったよ」

ややや唐突な質問ではあったが、莉々と武蔵はにっこり笑って答えてくれた。

一花がリヒトの知り合いだと明かしたせいか、校内の話題ならさほど警戒することなく乗ってきてくれる感じだ。

「おい、亮もリヒトと何か話した？」

武蔵が話を振ると、木片を拾い終えた亮が林蔵と一緒に輪に加わった。

「うん。話したよ。少しだけど、リヒトくんの方から声をかけてくれたから」

高校生たちの答えを聞いて、一花はますます前のめりになった。

「リヒトさんはクラスではどんな感じだった？　明るい？　それとも大人しい感じ？」

「もー、リヒトくんってば、カッコよすぎてびっくりです！　ドイツから来た帰国子女なんですよね。モデルみたい！　頭もいいんですよ。英語ペラペラだし、数学のときも当てられた問題を簡単に解いてたし」

莉々は心底うっとりした顔でリヒトを褒めちぎった。横から武蔵も同意する。

「見た目はいいし頭はキレるし、あいつはすげーよ。女子がキャーキャー騒いでたけど、実は俺たち男子もちょっとザワついてた」

リヒトはクラスメイトの前でもその貴公子ぶりをいかんなく発揮しているようだった。

いきなり編入して、勉強についていけているあたりもさすがである。飛び級で大学を出ているだけのことはある。

「この学園は、とてもいいところですなぁ。途中で入ってきた生徒でも通いやすい」

林蔵が、あたりを見回しながらしみじみと言った。

「僕もそう思います」

ゆっくりと頷いたのは亮だ。両手でいくつも木片を抱えながら、セルフレームの奥の瞳を僅かに伏せる。

「僕もリヒトくんと同じで、途中でサザンクロス学園に転校してきたんです。それまでは別の高校に通ってたけど、退学しちゃったから……。僕、あんまり人と話すのが得意じゃなくて、みんなから浮いちゃって……」

亮はそこで言葉を濁したが、伏せた瞳がとても悲しげで、前の学校で何があったかうっすらと分かった。

一花までつられて下を向きかけたとき、武蔵が眉を片方吊り上げた。

「亮を一人にさせておくなんて、前の学校のヤツ、絶対に損してるぞ」

間髪容れず、莉々も「ホントホント」と口を挟む。

「亮くんの動物トーク、めっちゃ面白いのにねー。お家《うち》がすごく大きな動物病院だから、亮くんはいろんな動物のこと、とってもよく知ってるもんね」

「え、動物病院なんて、すごいね！」

一花が素直な感想を述べると、亮は「父と母が獣医だから……」とはにかんだように笑った。

「いずれは亮も動物の医者になるんだろ？　家がすげー広くて、犬とか猫とかいろいろ飼ってるんだよな。この間写真見せてくれたし。あれは、何て名前だっけ」

武蔵が首を傾げた傍で、莉々も全く同じポーズを取る。

「ああ、かわいかったよね。名前は……タロウ？　それともジロウだっけ？」

「この間見せたのは『ハチ』の写真だよ。ハチは人懐こいから、ペットの中でも一番の仲よしで……僕の心の支えみたいなものなんだ」

そう答えてから亮はふっと一つ息を吐き、一花と林蔵を改めて見つめた。

「サザンクロス学園は単位制でいろいろな生徒がいるから、リヒトくんみたいな帰国子女でも通いやすいと思います。一度ドロップアウトした僕のことも、受け入れてくれたから……。だから僕は、この学校が好きです」

さっきは伏せられていた目が、言葉とともにまっすぐ一花を貫く。

そんな亮の傍に、二人のクラスメイトが素早く身を寄せた。

「俺もこの学校、好きだ。髪型とか割と自由だしな。文化祭はマジで楽しみ。……あ、なぁ、当日は三人で回ろうぜ！　焼きそば屋とおでん屋とコスプレ喫茶は絶対に行く」

「いいねー、武蔵。あたしは調理部がやるクッキー屋に寄りたいな。亮くんも行きたいところがあったら言ってね」

「……僕も一緒でいいの？」

亮がおずおず尋ねると、武蔵と莉々は「当たり前じゃん」と口を揃えた。

「俺と莉々だけだと、際限なく食いまくるからな。ここは一つ、常識人の亮に止めてもらわねーと」

「そうそう！　ね、亮くん。文化祭、一緒に回ろ？」

「武蔵くん、莉々ちゃん……ありがとう」

三人の高校生たちは互いに笑い合い、やがて「そろそろ行かないと」という莉々の声を合図に裏庭の方へ足を向けた。

遠ざかっていく三つの背中を眺めながら、一花は心の中が温かくなるのを感じた。

亮は前の学校でいろいろと苦労をしたのかもしれないが、サザンクロス学園で新しい居場所を見つけたのだ。

固い絆で結ばれた三人のためにも、文化祭が上手くいくといいな……と思う。そのためには妙な人魂騒動をなんとかしなければならない。

（でも、何がどうなってるのか、全然分からないなぁ）

一抹の不安とともに、書類をびりびりにしていた大賀美の姿が一花の脳裡をよぎった。

不穏な想像を煽り立てるように、それまで頭上で輝いていた太陽にスッと黒い雲がかかった。

4

一花は夕方まで事務室で表向きの仕事にいそしみ、そのあと一人で松濤の家に戻った。清掃員に扮した林蔵は、何かあったときのために今夜は一晩じゅう学校内で過ごすことになっている。リヒトは夜の七時までクラスメイトと文化祭の準備だ。

一花が一足先に帰ってきたのは、家事をこなすためである。何せ、本来は事務員（偽）ではなく家政婦（仮）。サザンクロス学園に現れる人魂のことは気がかりだが、ハウスキーピングに手は抜けない。

変装用のスーツからいつものラフな格好に着替え、大急ぎで掃除を済ませた。今は夕食の支度をしているところだ。忙しいとあらかじめ分かっていたので、朝のうちに仕込んでおいた食材がある。

おおかたの工程は終わっていて、あとは盛り付けて出すだけ。午後七時四十五分を過ぎたが、リヒトはまだ帰ってこない。

一花はだだっ広いリビングの片隅に設けられたキッチンスペースで、「ふぅ」と一息ついた。今日は朝からリヒトの制服姿に感動したり、偽の事務員になったり……いろいろあって本当に忙しかった。

シンクの前に立ちながらサザンクロス学園で見聞きしたことを思い返しているうちに、

ある人物が心に浮かび上がってきた。

(大賀美先生……)

槇田から受け取った書類を破いていた姿が、どうしても引っかかっている。

『大賀美先生は、文化祭を開催したくないのかもしれない』とリヒトは言っていた。本当なのだろうか。

「ただいま、一花」

考え込んでいると、この家の主が帰ってきた。

サラサラの金髪と宝石のような青い瞳。今日はそこに高校の制服が加わって、普段とは違う新鮮な美しさを感じる。やはり、眩しい。

「お帰りなさい、リヒトさん」

一花がキッチンスペースから出て歩み寄ると、リヒトはソファーに腰を下ろしつつ、何かを差し出してきた。

巾着袋に入ったランチボックスだ。

「一花、これ、ごちそうさま。母さんが生きてたころ、籠にサンドイッチを入れてピクニックに行ったことはあるけど、こういうランチボックスを持っていったのは初めてだよ」

サザンクロス学園は給食がなく、生徒は昼食を自分で持参するか、校内にある学食を使うことになっている。学園長の南から事前にそう聞いていたので、一花は今朝、お弁当を作ってリヒトに渡していた。

（あ、軽くなってる！）

巾着袋を受け取った瞬間、笑みが漏れた。

卵焼き、唐揚げ、ウインナーにブロッコリーのごま和え……。いろいろなおかずを詰め込んだはずの弁当箱が、今は驚くほど軽い。中が空っぽなのは見なくても分かる。

一花は巾着袋を胸にかき抱き、破顔しながら尋ねた。

「リヒトさん、学校、楽しかったですか？」

「うーん、まぁまぁかな」

返ってきた言葉は曖昧だったが、麗しい貴公子の口元が微かに綻んでいる。

五か月ほど一緒に過ごして、一花はリヒトの人となりを少しは理解しているつもりだ。

天使のような美少年はちょっと毒舌で、嫌なことがあれば躊躇いなく口にする。

微笑んでいるということはつまり……。

「とっても楽しかったみたいですね。そういえばリヒトさん、モテモテでしたもんね。文化祭の準備をしてるとき、女の子に取り囲まれてましたし」

「文化祭の準備って……何でそのときのことを一花が知ってるの？」

リヒトは眉間に皺を寄せた。

「あ、い、いえあの、それは……」

一花の背中に、冷や汗が伝う。

放課後、林蔵とともにリヒトのことを窺っていたが、あれは半ば盗み見だ。内緒にしておくつもりだったのに、うっかり喋ってしまった。

「何で放課後のことを知ってるの？　まさか、覗き見でもしてたの？」

再び聞かれ、一花は咄嗟にぶるぶると頭《かぶり》を振った。

「こ、言葉のアヤです。私、リヒトさんのこと、木の陰から盗み見たりしてません……はっっっくしょんっ！」

綺麗にオチがついたところで、リヒトが溜息交じりに言った。

「別に、好きで取り囲まれてたんじゃないよ。放課後もそうだけど、休み時間のたびにあんな感じで、ろくに身動きも取れない。調査に差し障りが出るところだった」

「それはしょうがないと思います。リヒトさんみたいな転校生が来たら、誰だってお喋りしたくなりますよ。……あ、放課後、女の子から何か受け取ってましたよね。もしかしてラブレターとかですか？」

裏庭でリヒトを取り囲んでいた女子生徒の一人が、何かカードのようなものをリヒトに手渡していた。その子のほんのり上気した頰を一花が思い出していると、リヒトはわざとらしく肩を竦める。

「ラブレターなんかじゃない。カードにはメールアドレスとかＳＮＳのアカウントが書いてあっただけ。よかったら連絡してくれって」

「えぇー、それってラブレターみたいなものじゃないですか！　さすがリヒトさん。それで……カードをくれた子に連絡するんですか？」

「一花、言い方が下衆っぽいよ。……連絡なんてしないよ。僕は調査が終わればすぐ学校から離れるし、そもそも同世代の子にあまり興味がないんだ。話題も合わないし、子供っぽいし」

「あぁー、そっか。リヒトさんって年上のお姉さんが好みのタイプですもんね！」

一花がポンと手を打って頷くと、貴公子の頬がサッと染まった。

「なっ……突然、何を言い出すんだよ一花」

「だって、リヒトさんの初恋の人って、近所に住んでるお姉さんでしたよね。そういう人がタイプなのかな、と思って」

少し前に、リヒトはそのお姉さんと再会を果たしている。彼女が謎解きの依頼をしにきたのだ。

「あれは昔の話だろう。今更持ち出さないでくれるかな」

「え、昔の話……？　ということは、リヒトさんって、今は年上がタイプというわけではないんですか？」

しかし、ついさっき同世代に興味はないと言った。子供っぽいのも嫌がっているので、年下という線も薄そうだ。

「やっぱり、今でも年上の女性が好きなんですよね？」

「ノーコメント！」

いつも冷静沈着な貴公子探偵が、今はなぜか焦っているように見える。

滅多にないことなのでもう少しつついてみたかったが、きっぱりノーと言われたので、一花は仕方なく別のことを口にした。

「リヒトさん、お腹空きませんか？　夕飯できてますよ」

「ん、言われてみれば、少し……」

リヒトは平たいお腹に手を当てる。

「ですよね！　リヒトさんは授業とか文化祭の準備で大変でしたし。座って待っててください。すぐ夕飯にしましょう！」

あまり食欲が湧かないタイプのリヒトが、自ら空腹だと言っている。これはたくさん食べてもらうチャンスだ。

一花は素早くキッチンに駆け込み、抱えていた弁当箱をひとまず置いて、すでにできあがっていたものを器に盛り付けた。

いっぽう、リヒトはソファーから立ち上がってダイニングテーブルに移動する。

「お待たせしました、リヒトさん！」

器を四角いお盆に載せてテーブルまで運んでいくと、二つの青い瞳が一花の手元に集中した。

「一花、それ……光ってる！」

驚愕の表情を浮かべるリヒトの前に、一花はどんぶりと小鉢をそっと置く。箸と箸置き、それから匙も添えた。

「今日の夕飯は、イクラ丼です！」

どんぶりに盛り付けられているのはやや硬めに炊いたご飯と、たっぷりのイクラだ。それに刻んだ大葉が少々。

リヒトは目の前に置かれたものをじっと見つめて、感嘆の吐息を漏らした。

「キラキラしてたのはイクラの粒か。すごく光ってた」

「灯りを反射してたんですね、きっと。イクラは『海の赤いダイヤ』って言われたりもするんですよ。宝石みたいで綺麗でしょう？　お箸だとすくいにくいと思うので、匙を使って食べてみてください」

「分かった。いただきます」

貴公子は匙を手に取り、どんぶりの中身をそっとすくった。そのまま、キラキラ輝く赤い粒を一気に口へ入れる。

「うん！　一粒一粒ふっくらと弾力があって、瑞々しい。それに味付けもあっさりしてて、上品だね。美味しい！」

笑みを浮かべたリヒトに負けず劣らず、一花も破顔した。「美味しい」の一言が、たちまち心を熱くさせる。

「イクラなら何度か三ツ星の料亭で食べたことがあるけど、これはそこで出されたものと変わらないよ。粒が一つも潰れてないし、味付けも濃すぎなくていい。……ねぇ一花、こんなにふっくらしたイクラ、どこで手に入れたの？　かなり高級そうだけど、料亭から取り寄せたとか？」

　リヒトは目の前のどんぶりと、一花の顔を代わる代わる見た。

「いいえ。それはいつものスーパーで買ってきました。工場で筋子から粒を取り出して、醬油漬けとして加工したものですよ」

　家政婦（仮）として派遣されてから、一花はいつも松濤界隈にある高級スーパーで食材を調達している。もともとがセレブ御用達の店なので、売っているものもそれなりにいい品だが、さすがに料亭で出てくるものと比べるとリーズナブルである。

　イクラを新鮮に美味しくいただくなら、生の筋子を買ってきて粒を取り出し、好みの味付けにするのが一番だ。

　しかし、今日の日中はサザンクロス学園に潜入していたためそこまで手が回らず、あらかじめ醬油漬けになっているものを使用した。

「これが加工品？　嘘だろう。加工されているイクラは、潰れたり皺が寄ったりしてるって聞いたことがある。ずっと醬油に浸かってるから味が濃すぎることもあるって……。でも、これはそうじゃない。一粒一粒丸くて綺麗だし、味付けは上品だ」

　リヒトは驚きつつも匙を動かし続けた。どんぶりの中身が残り半分になったところで手を止め、改めて笑顔になる。

「やっぱり美味しい。ねぇ一花、一体どんな手を使ったの？　ほんのりと柚子の風味がするね」

一花はそこで、大きく頷いた。

「そう、柚子です、リヒトさん。今日のイクラは『柚子ポン酢』で味を調えてあるんです！」

すでに加工されているイクラは、店に並ぶまでに水分が出て潰れてしまっている場合がある。それにリヒトの言う通り、ものによってはやや味が濃い。

コース料理の前菜や、お酒のアテにちょっとだけ食べるならしょっぱいまま出してもいいのだろうが、今回はイクラ丼にするので一工夫した。

「イクラを柚子ポン酢に浸しておくと、塩分がいい感じに抜けるんですよ。浸透圧の作用で、潰れ気味になっていた粒もふっくらするんです」

イクラの醤油漬けがしょっぱすぎる場合は一度漬け汁を切って、煮切り酒……熱してアルコール分を飛ばした酒で洗うといい。さらに元の漬け汁に煮切り酒を加えて薄めてから再びイクラを戻せば、マイルドな味わいになる。

このとき薄めた漬け汁の代わりに柚子ポン酢を加えると、柑橘系の爽やかな風味が全体に行き渡り、さっぱりと美味しくいただける。

煮切り酒で洗うのが面倒なら、漬け汁を切った状態のイクラに柚子ポン酢を注ぐだけでもいい。多少塩辛さが残るが、後味が爽やかでご飯にもよく合う。

手軽なイクラが、柚子ポン酢を足すだけで高級料亭の味に変わる――これこそまさに、一花お得意のチョイ足しメニューだ。

「へぇ。僕はこのくらいあっさりした味の方が好きだな。粒が丸くて潰れていないのも、綺麗でいいね」

リヒトはスプーンにイクラだけを載せて光にかざした。柚子ポン酢でコーティングされた粒は、形が崩れていないせいかとてもキラキラして見える。

海の赤いダイヤを一口で食べたあと、貴公子は傍らの小鉢に手を伸ばした。

付け合わせにしたのはきんぴらごぼうだ。一見ごく普通の、何の変哲もないメニューだが、ほどなくして「あれ?!」という声が食卓に響き渡る。

「一花、このきんぴらごぼう、いつもと違う!」

「あ、気付きました? 作り方は普段通りなんですけど、器に盛ってから『あるもの』を加えてあるんです。実は……」

「待って。これは僕でも分かった。バターが入れてあるんだね」

貴公子探偵は見事に隠し味を言い当てた。

ささがきにしたごぼうとにんじんをごま油で炒め、砂糖とみりんと醤油を加えて煮詰めると、ごくシンプルなきんぴらごぼうができる。野菜がとれるしご飯が進むので、一花がよく作るメニューの一つだ。

今回はそこに、小さじ一杯分ほどのバターをチョイ足しした。

きんぴらごぼうが熱々のうちに加えたので、すっかり溶けて馴染んでいる。総菜として売られているきんぴらを使うときは、電子レンジで少し温めるといい。

とにかく、バターとよく馴染ませるのがコツだ。醬油ベースの甘辛さと乳製品のまろやかさが合わさって、一味違うおかずになる。

「いつものもいいけど、これもコクがあって美味しいよ」

リヒトはあっという間に小鉢を空っぽにした。続けて残っていたイクラ丼に再び手を付けようとしたが、その前に一花を仰ぎ見る。

「一花も一緒に食べよう。一人じゃつまらない」

「はい。じゃあ、私も！」

お言葉に甘えて一花も自分の分をよそい、リヒトの向かい側に座った。

松濤の家に来てから五か月。最近は林蔵も含めて三人で食卓を囲むことが多い。稀に拓海が加わることもある。

誰かと一緒に食べているときの方が、リヒトの食が進む気がしていた。それに、一花もみんなで食事するのが好きだ。

二人でとりとめのない話をしながら、和やかな時間が過ぎていく。主なトピックは、武蔵や莉々、そして亮のことだ。

「矢木《やぎ》武蔵と、浜辺《はまべ》莉々と、東山《ひがしやま》亮か。三人はとても仲がいいみたいだね」

リヒトはクラスメイトの情報もぬかりなく収集していた。

武蔵の両親は有名な映画監督と女優で、莉々の家は華族の流れを汲む名門。話した感じはごく普通の高校生だったが、実は二人ともかなりのセレブである。

「東山亮は三か月前にサザンクロス学園に転校してきた生徒で、家が大きな動物病院だって聞いてる」

「そうなんですってね。犬とか猫とか、ペットをたくさん飼ってるみたいで」

「ああ、僕も写真を見せてもらったよ」

会話は弾み、やがてリヒトも一花も自分の分を綺麗に平らげた。

ポケットにしまっていた一花のスマートフォンがブルブルと震えたのは、ちょうど食後のお茶を楽しんでいる最中だ。

「あ、拓海さんだ……」

拓海がメールを寄越してきた。画面をタップして文面を確認しようとすると、向かい側にいたリヒトがムッと唇を尖らせる。

「一花のスマートフォンに拓海が直接連絡してくるなんて、何の用なの？」

以前に拓海から名刺を受け取っている。リヒトの義兄として今後もいろいろと関わることになりそうなので、一花の連絡先も伝えてあった。

『一花くん、リヒトは帰宅したか？　リヒトは少し気難しいが、ちゃんと友達と仲よくできたのだろうか。リヒトに直接聞こうと思ったが、メールを送ってもレスポンスがないので一花くんに連絡した。返信を待っている』

さほど長いメールではないのに、『リヒト』が三回も出てきた。

画面に表示されているのは文字だけだが、背景に拓海のそわそわしている顔がありありと浮かんでくる。よほど義弟のことが心配なのだろう。

（あ、そうだ。リヒトさんがお友達といるところ、写真に撮ったんだっけ。拓海さんにも送ってあげよう）

同世代の友人たちに屈託のない笑みを見せていたリヒトを思い出し、一花は自然と微笑んでいた。口角が上がっているのを自覚しつつ、返信用の文面を作ろうと、小さな画面に目を落とす。

「一花。やたらとニコニコしてるけど、拓海とメールするの、そんなに楽しい？」

向かい側から聞こえてきた声で、一花は指を止めた。リヒトがテーブルに肘をつき、どこか不貞腐れた表情を浮かべている。

「え？　いや、ただの業務連絡のメールですよ。拓海さんはリヒトさんが学校で上手くやれているか、すごく心配してます。……っていうか、リヒトさんにもメールが来てませんでした？　いっそのこと、自分で返信したらどうでしょう」

「嫌だ。何で僕が拓海にメールしなきゃいけないのさ」

相変わらず、つれない。一花は苦笑しつつ、改めてスマートフォンを握り直した。

「じゃあ私が返信しておきます。ついでに写真も添付しておかないと」

「え、写真って何？」

言うが早いか、リヒトは椅子から腰を浮かせて身を乗り出してきた。一花の手の中にあった薄い機械を奪い取り、「あーっ」と声を上げる。

「これ、僕が文化祭の準備をしてるときの写真だね。勝手に撮るなんてひどいじゃないか」

「……すみません。リヒトさんの笑顔が素敵だったので、つい」

「こんなの拓海に送らないでよ。それに、隠し撮りはやめてほしいな。消去しておいて」

「えぇー、消さないと駄目ですか？　いい写真なのに」

「駄目。早く消してよ」

リヒトは仏頂面でスマートフォンを返してきた。一花はそれを受け取り、未練がましく画面を覗き込む。

「こんなに素敵な写真なのに……。あ、そういえば、このときリヒトさんはお友達とどんな作業をしてたんですか？　ペンキか何かを塗ってたみたいですけど」

「二年A組は、旧校舎にお化け屋敷のセットを組むんだ。僕はその背景の一部を作ってた。黒く塗った板に、蛍光塗料で幽霊の絵を描くんだって」

「へぇ。結構本格的なんですね」

一花はもう一度写真を見直してみた。

リヒトは右手に刷毛、左手に明るい色のペンキ缶を持っている。このペンキは、どうやら暗いところで光る蛍光塗料のようだ。

何度眺めても、写真の中のリヒトは光り輝いていた。このまま消去してしまうのは惜しい。どうにかして残しておけないか……。

そう思ったが、リヒトがこちらをじっと見ているので諦めて指示に従うことにした。溜息を吐きつつ、スマートフォンに向かって指を出す。

だが画面に触れる寸前、鋭い声が飛んできた。

「――ストップ、一花。やっぱり消さないで！」

「えっ……？」

一花はその場でビクッと身体を硬直させた。リヒトはそんな一花の手から、再び薄い機械をスッと抜き取る。

「光って見えたイクラ丼……蛍光塗料。そして、人魂……」

貴公子は右手にスマートフォンを持ち、左手の指を細い顎に添えた。何やらぶつぶつと呟きながら、しばし考え込む。

「分かったよ、一花」

「はい？　何が分かったんですか、リヒトさん」

唐突に名前を呼ばれ、一花は再びビクッと震えた。

「サザンクロス学園に現れた人魂の正体が分かった。誰がそんなことを引き起こしたのかも、見当がついた。一花がイクラの醬油漬けに柚子ポン酢を加えてくれたお陰で――謎が解けたよ」

「えぇぇぇーっ！」

毎度のことながら、一花には何がどうなって謎が解けたのかさっぱり分からない。

だがリヒトは、自信に満ち溢れた顔で立ち上がった。

「一花、今からサザンクロス学園に行こう」

「え、今からですか?! 学校に行って、何をするんですか?」

脳内を『?』に支配されている家政婦(仮)に向かって、天使のような貴公子探偵は悠然と言い放った。

「やることは一つしかない。僕たちはこれから——人魂を捕まえるんだ」

5

闇夜に浮かび上がる真っ暗な校舎。サッカーのゴールだけがポツンと置かれたグラウンド。ざわざわと音を立てる背の高い欅の木……。

夜の学校はえてして不気味な場所である。ぽつぽつと外灯が設置されているが、気休め程度にしかならない。

一花はリヒトに続いて校門を通り抜け、グラウンドを横目に見ながらそろそろと歩いていた。

サザンクロス学園は十年前に改築され、だいたいどこも綺麗だが、それで怖さが軽減されるわけではない。昼間は生徒たちの声で活気に満ちていたのに、今は誰もいないというギャップが余計に恐怖心を煽り立てる。

一花たちは、ここまでタクシーで来た。普段は運転手を務めている執事の林蔵が、校内のどこかにいるはずだ。

　びくびくしている一花と比べて、リヒトは落ち着き払った足取りで歩いている。松濤の家を出る前に電話で林蔵に何か指示を出していたようだが、これからどうするつもりなのだろう。

　広い校内を歩いていると、ふいにリヒトが一花を振り返った。

「一花、さっきから妙にきょろきょろしてるけど、どうしたの。もしかして……夜の学校が怖い？」

　薄く微笑む貴公子探偵の顔は相変わらず美麗だったが、どこか小馬鹿にするような雰囲気が感じられた。

　一花は思わずムッとする。

「こ、怖くありません………はっくしょんっ！」

　やってしまった。

　実は一花は、ホラー映画やお化け屋敷が少し苦手だ。幽霊が怖いのではなく、何かが横合いから急に飛び出してきそうな感じが駄目なのだ。心臓に堪える。

　見栄を張って盛大なくしゃみをしてしまったせいで、まだ少し鼻がムズムズした。再び「はっくしょん！」とならないようにひたすら耐えていると、リヒトは笑みを消して真面目な顔つきになった。

「これから危ないことをするわけじゃないけど、万が一何かあっても、僕がいるから。大の倍、逞しく見えた。

心の奥が妙にくすぐったくて、上手く言葉を返せない。

「とりあえず、メイン校舎に行こう。そこで林蔵と落ち合うことになってるから」

リヒトは再び前を向いた。

しばらく二人揃って歩いていると、やがてメイン校舎の昇降口が見えてきた。が、一花の視線はその手前で止まる。

ジャージを纏った誰かが背を向けて立っていた。顔は見えないが、林蔵ではない。もっと若い、リヒトと同じくらいの年頃の少年だ。

「誰かいますよ。リヒトさんが呼んだんですか?」

「いや、僕は呼んでない。だけど『彼』がここにいるのは……まぁ想定の範囲内かな」

貴公子探偵は何やら一人で呟いたあと、すうっと息を吸い込んで、前方に向かって声を発した。

「ねぇ、そこで何をしてるの——東山亮くん」

ジャージ姿の少年は、ビクッと身体を震わせながら振り向いた。リヒトと一花の姿を見て、あからさまに驚いた表情を浮かべる。

セルフレームの眼鏡をかけた大人しそうな顔に見覚えがあった。間違いなく、今日の放課後に話をした三人組の一人だ。

リヒトは目を見開いたまま静止している亮の傍に歩み寄り、優雅に首を傾けた。

「夜の学校に、何の用があるのかな。もしかして――君も人魂を捕まえにきたの？」

「…………!!」

言葉は出てこなかったが「何で分かったの？」と顔に書いてある。驚きすぎて口をパクパクしている亮を横目に、一花は息せき切って尋ねた。

「リヒトさん。人魂を捕まえるってどういうことですか。そもそも、人魂の正体って何なんです？　なぜ亮くんがここにいるんでしょう」

リヒトはすべてを把握しているようだが、一花はちんぷんかんぷんだ。突然サザンクロス学園に行こうといわれ、わけも分からずついてきただけである。

「一花、落ち着いて。今話すから」

やや前のめり気味の家政婦（仮）を手ぶりで宥め、貴公子探偵は改めて亮と向かい合った。

「東山亮くん。少し前から学校内を飛び回っている人魂の正体は――君のペットだね。しかも、一番『仲よし』の」

「えぇえぇぇ、ぺ、ペットぉ?!」

名指しされた亮の代わりに、一花が素っ頓狂な声を上げた。同時に、放課後耳にした話を思い出す。

「亮くんと仲よしのペットって、確かハチっていう名前だったはず……。ということは、えぇっ、人魂の正体は『犬』ってことですか？　でも犬は光らないし、空も飛びませんよね？　いくらなんでもそれが人魂の正体なんて、少し無理があるんじゃ……」

「何言ってるの、一花。ハチは犬じゃないよ」

さらりと出てきたリヒトの台詞に、一花は目を見開いた。

「えっ、嘘?!　ハチって、秋田犬か何かじゃないんですか?!」

松濤の家の最寄り。渋谷駅で行き交う人々を見守る忠犬の像が、ちらちらと脳裡を掠める。

あれの印象が強すぎて、一花はハチ＝犬と思い込んでいたのだが、どうやらそれは大いなる勘違いだったようだ。

「そうか。一花は亮くんからハチの写真を見せてもらってないんだね。僕はすでに見ていたんだ。ハチは犬じゃないし、猫でもない」

「じゃあ、何なんです？」

「フクロモモンガだよ」

「……は？」

耳慣れない名詞が出てきて、一花は眉根を寄せた。リヒトは形のよい唇をきゅっと引き上げて説明を始める。

「フクロモモンガは、オーストラリアやニューギニアに生息する有袋類だ。リスくらいの大きさだけど、ちゃんと両脇に飛膜がついていて、木から木へ滑空できる。ペットとしてそこそこ人気があるみたいだよ。……亮くんはこのフクロモモンガを家で飼ってた。そうだよね、亮くん」

　尋ねられたが、亮は硬い表情で立ち尽くしたままだ。リヒトは微笑みを浮かべて話を続ける。

「亮くんはフクロモモンガのハチをとても大事にしてた。多分、いつも傍にいたいと思ったんだろうね。だから……学校にもつれてきたんだ」

「そうなんですか？　でもペットを学校につれてくるなんて、許されるんでしょうか」

　亮が黙ったままなので、一花が相槌を打った。

「サザンクロス学園は自由な校風の学校だけど、さすがにペットと登校なんて駄目に決まってるよ。だから亮くんはハチをキャリーケースに入れて、こっそりつれてきたんだ。授業中は、ケースごと人目につかない場所に隠しておいた」

「人目につかない場所ってどこでしょう」

「旧校舎の三階さ」

「ええっ、あの薄暗い場所ですか！」

　そこなら一花も足を踏み入れている。メイン校舎と比べると旧校舎は古めかしく、とりわけ三階は一番寂れていた。

「ねぇ一花。三階の廊下の端に、ガラクタが積み上げられてたのを覚えてる？　その中に、比較的新しいキャリーケースがあったよね」

「ああ、ありましたね」

「亮くんが授業を受けている間、ハチはあのケースに入れられてたんだ。旧校舎の三階には人が滅多に来ないから、絶好の隠し場所だよ」

確かに、わざわざあんな場所を訪れるのは、偽の事務員と偽の清掃員と偽の生徒くらいだろう。

一花もキャリーケースに気が付いていたが、ガラクタに紛れていたのでスルーしてしまった。改めて、貴公子探偵の目の付け所に感服する。

「亮くんはそうやってハチを上手く隠して、休み時間のたびに様子を見にいったんだろうね。だけど……そのハチが突然逃げ出したんだ。おそらく、キャリーケースがちゃんと閉まってなかったんだと思う」

リヒトの綺麗な瞳が、ジャージ姿の少年に注がれた。

亮は辛そうに顔を歪め、両方の拳をぎゅっと握り締めていたが、自ら言葉を発する気配はない。

「フクロモモンガは夜行性だから昼間は大人しくしてるけど、夜になると餌を探し始める。サザンクロス学園は今、文化祭の準備中で、旧校舎の一階と二階には二年A組の大道具や装飾品が置いてあるだろう？　その中に、蛍光塗料のペンキも含まれてるんだ。キャリーケースから逃げ出したハチは三階から少しずつ活動範囲を広げて、やがて下の階に辿り着く。そのとき蛍光塗料が身体についてしまったとしたら……どうなる、一花」

「蛍光塗料……あっ、まさか——それが人魂ですか?!」

一花にもようやく真相が見えてきた。

「そう。人魂の正体は、蛍光塗料を浴びたフクロモモンガだよ。身体を光らせて飛ぶハチを見た生徒たちが、人魂と勘違いしたんだ。さっきも言ったけど、ハチは三階から少しずつ行動範囲を広げた。つまり、最初は旧校舎のあたりに留まってたんだ。だから、そこで文化祭の準備をしていた二年A組の生徒に目撃談が集中した。そのあとハチはメイン校舎にも行くようになった。一年F組の教室で看板が倒れたのは、ハチの仕業だよ」

「例の『密室事件』ですね。リヒトさん、その謎も解いちゃったんですか」

「解けた……というより、フクロモモンガにとって、あれは密室に入らないんだ。教室の廊下側の換気窓が少しだけ開いてただろう。あれだけ隙間があれば、小動物は自由に出入りできる。ハチも換気窓から一年F組の教室に飛び込んだ。それで、看板を固定していた紐を歯で嚙みちぎったんだ。だから看板が倒れて壊れた」

「フクロモモンガの歯って、そんなに強いんですか?」

「もともと硬い葉っぱや木を齧る動物だから、歯はものすごく強い。……そうだよね、『専門家』の亮くん」

リヒトは眼鏡の少年を見つめて笑みを浮かべた。

貴公子の極上スマイルは、男女問わず威力を発揮するようだ。黙りこくっていた亮はハッと息を呑み、僅かに赤面する。

「亮くんも人魂の正体に気が付いていたんだね。ハチが逃げたと分かったあと、必死に捜したはずだ。今日も、一人で捜索するつもりだったんだろう」

「……うん」

ようやく亮の口から声が漏れた。一度堰を切ってしまうと、あとはすらすらと言葉が出てくる。

「リヒトくんの言ったこと、全部当たってる。僕は時々ハチを学校につれてきて、旧校舎の三階に隠してたんだ。休み時間のたびに撫でて心を落ち着けてた。僕、前の学校で上手くいかなくて、今でも時々、苦しくなる。……あっ、何かトラブルがあるわけじゃないよ。クラスのみんなはとても優しい。でも、昔を思い出しちゃうこともあって……そんなとき、ハチと一緒なら登校できた。ハチは心の支えなんだ」

僅かに声を震わせる亮を見て、ハチを大事に思う気持ちが一花にも伝わってきた。ペットをつれて登校するのは校則違反なのだろうが、責める気にはなれない。

「半月くらい前、ケースの蓋を閉め忘れて、ハチが校内のどこかに逃げた。人魂が出たって聞いて、僕はすぐ正体に気付いたよ。ハチのせいで看板が壊れたり、驚いた子が転んじゃったり……早くしないとどんどんひどいことになる。だから毎日捜してるんだけど、フクロモモンガは身体が小さくてすばしっこいから、全然見つからない」

亮はジャージを身に着けている。動きやすい格好で毎晩学校を訪れ、自らのペットを必死に捜索していたのだろう。だけど、成果は上がらずじまい……。

リヒトは泣きそうな顔で俯いてしまった級友に歩み寄り、肩をポンと叩いた。

「さすがに一人で捜すのは大変だよ。よかったら、僕にも手伝わせてくれないかな」

「えっ、リヒトくんが？」

亮はパッと顔を上げた。驚きの表情を浮かべつつ、改めてリヒトと一花を交互に見つめる。

「……そういえば、リヒトくんたちはどうしてここにいるの？　なぜ僕の手伝いをしてくれるの？　二人は一体、何者？」

貴公子探偵はふっと微笑んで、自分の胸に手を当てた。

「実は、僕はこの学校の生徒じゃない。僕たちは南先生の依頼で人魂の謎を解き明かしに来たんだ。亮くん、一緒にハチを捜そう。僕も協力するから」

「私も手伝うね！」

一花もすぐに頷いた。事情がすっかり把握できた今、手を貸さない理由などない。

「あ、ありがとう、二人とも」

亮はセルフレームの奥の目を一瞬見開き、ぺこりと頭を下げた。リヒトは再びその肩を軽く叩く。

「亮くん。ハチは今晩のうちに必ず見つけるから、安心してよ。何せ、他にも手伝ってくれる人がいるからね」

手伝ってくれる人？　と一花が首を傾げたとき、遠くから声が聞こえてきた。

「リヒトさま！　お待たせいたしました。準備が整いました」

水色の作業服を着た林蔵が走ってくる。さらにその後ろに、人影が三つあった。

亮がぼそりと呟く。

「南学園長と、大賀美先生と……槇田先生？」

リヒトは近づいてくる四人を見ながら、きりりと表情を引き締めた。

「僕が呼んだんだ。人手は多い方がいいけど、あんまり騒ぎすぎるのもよくない。ハチは今、蛍光塗料のせいで身体が光る。素の状態より捕まえやすいはずだ。——七人もいれば、きっと上手くいくよ」


かくして、捕物劇が始まった。

相手は身体が光るとはいえ、小さなフクロモモンガだ。捕獲するためには、むやみに動くのではなく、それなりに作戦が必要である。

ハチが逃げたのは半月くらい前。ちょうど文化祭の準備が始まったころだ。

「そろそろ好物が恋しい時期じゃないかな」

とリヒトは言った。

野生のフクロモモンガは雑食で、昆虫や鳥の卵、花の蜜などを摂取する。しかしハチは生後すぐに亮の家にやってきて、そのままずっと飼われていた。普段は専用のペットフードや食べやすく切った果物を与えていたそうだ。

サザンクロス学園にも植物が生えているし、小さな虫がいるので飢えることはないだろうが、慣れ親しんだ餌が転がっていれば食いついてくると思われる。

リヒトはそのあたりを見越して林蔵に指示を出し、果物を用意させていた。さらに、亮も自宅から少しだけハチの餌を持参している。

これらを要所要所に置いておき、手分けして見張りを立てることにした。こちらから捜しにいくのではなく、ハチをおびき寄せる作戦だ。

最後にハチが目撃されたのは、一年F組の教室。まずはその辺に餌を撒いた。あとは目撃談のあった昇降口も怪しい。そして旧校舎の三階……すなわちキャリーケースがあるところに戻る可能性も考えられる。

リヒトと一花と亮は、一年F組の周辺で待機することになった。南と林蔵が昇降口、大賀美と槇田は旧校舎の担当だ。

手分けをする前に貴公子探偵の口から「フクロモモンガの仕業だよ」と聞かされた教師たちは、揃って仰天した。

大賀美は「ペットを学校に持ち込むなんて！」と亮を叱ろうとしたが、今はそれどころではない。南に説得され、槇田と一緒に持ち場に出向いている。

一花たちも担当の場所に足を運び、物陰に身を潜めていた。それぞれの手には、少し大きめの虫取り網がある。これもリヒトが林蔵に命じて用意させたものだ。

待機している間、リヒトは改めて自分がサザンクロス学園の生徒ではないことを亮に説明した。普段から謎解きをしていることも伝え、「このことは他の生徒には黙っててね」と口止めする。

一花は、亮にハチの写真を見せてもらった。白い身体に黒い模様が入っていて、尻尾が大きく愛らしい。目がハの字に垂れているのでハチという名前になったとのこと。

作戦を開始してからすでに小一時間が過ぎた。そのかわいらしいハチはなかなか現れない。亮は虫取り網を握ったまま暗い表情を浮かべた。

「リヒトくんたち、迷惑かけてごめんなさい」

「どうして亮くんが謝るの？」

リヒトは薄暗い校舎の中を注視しつつ、そう切り返す。

「だって、僕がハチを学校につれてきたせいでこんなことになっちゃったし……迷惑だよね？」

「僕、『迷惑だ』なんて言ったかな？　人魂の謎と密室の謎が一気に解けて、ものすごく楽しいよ。こんなに面白い――美味しい謎を生み出してくれた亮くんに、感謝してるくらいだ」

一花も横から口添えした。

「そうだよ、亮くん。リヒトさんは謎解きが大好きだから、気にしないで。私も迷惑だなんて、全然思ってない」

「話を大きくしたくないから呼ばなかったけど、矢木武蔵くんと浜辺莉々さんがここにいたら、僕や一花と同じことを言ったと思うよ。あの二人は、亮くん……君の親友であり、味方じゃないの？　この先何か困ったことがあったら、きっと助けてくれるよ」

リヒトの口調はどこかそっけないが、語られたのは揺るがない真実だった。話をじっと聞いていた亮の顔が明るくなる。

「そうだよね。……僕、サザンクロス学園に転校してきてよかった。武蔵くんや莉々ちゃんや、それに、リヒトくんみたいな友達ができて、嬉しい」

「……友達、か」

そう呟いたリヒトは、花が咲くように顔を綻ばせた。ごく自然に零れた笑みを見て、一花の目頭がじーんと熱くなる。

しかし、天使の微笑みはすぐ真剣な表情に変わった。

「一花、亮くん、あそこ見て！」

長い指が示す先には、ぼんやりと揺らめく人魂が……。

いや、光りながら飛んでいるのはハチだ。小さい身体が廊下の右から左へ、かなりのスピードで滑空していく。

「追いかけよう！」

貴公子の一言で、一花と亮は弾かれたように走り出した。

しかし、相手はなかなか動きが速く、差は一向に縮まらない。ハチは時折壁にぴたりと張り付き、そこからまた滑るように飛び出した。身体の横にある飛膜が、スーパーヒーローのマントのように見える。

「角を曲がったね。あの先は……昇降口か。おーい、林蔵、そっちに行ったよ！」

走りながら、リヒトが叫ぶ。すいすい飛ぶ小動物を三人で追いかけていくと、やがてたくさん並んだ靴箱が見えてきた。

「学園長どの、右におりますぞ！」

「えぇ?! あぁっ、逃げられました」

林蔵と南が虫取り網を振り回している。そこに一花たちも加わり、夜の昇降口は一気に賑やかになった。

老若男女入り乱れて、てんやわんや。その間を、身体を光らせたフクロモモンガが悠然と通り抜ける。

「林蔵、上だ！」

リヒトの声に、執事が即座に反応した。

「むむっ、申し訳ございません、取り逃がしました。一花さん、そちらに行きましたぞ」

「はい！　あっ駄目。網が届きません！」

ぼんやりと光るフクロモモンガは、予想以上にすばしっこい。

このままでは埒が明かない……一花がそう思ったとき、あたりに亮の大声が響き渡った。

「――ハチ、戻ってきて！　お願いだよ！」

ぴたり。

小さな身体が天井に張り付いた。その場にいた全員が、呼吸を止めて小さな生き物に見入る。

やがてハチは飛膜を広げ、すーっと降りてきた。

飼い主である亮の、肩の上に。

「ハチ……」

亮は光る身体を優しく撫でると、ハチをしっかりと手で包んだ。これでもう、どこかへ飛んでいってしまうことはない。

「よかった」

一花は額の汗を拭いながら、身体じゅうの力を抜いた。リヒトや林蔵、そして南の顔にも安堵の色が広がっていく。

だが、和やかなムードは長く続かなかった。

「ちょっと槇田先生、いい加減にしてください!!　降ろして！　離して！」

「わっ、落ちる！　大賀美先生、大人しくしてください～」

騒音を撒き散らしながら現れたのは、旧校舎にいるはずの大賀美と槇田だった。二人いるのに、伸びている影は一つしかない。

大賀美は、槇田の腕の中にいた。いわゆるお姫さま抱っこの状態である。

「あ、ちょっと、みんな見てるじゃない。恥ずかしいから降ろして」

「大賀美先生、暴れないでください」

「このくらい一人でなんとかなるわよ……痛っ……」

「ほら、だから暴れないでくださいと言ったでしょう。大賀美先生は転んで足を痛めているんですよ」

旧校舎で待機中、何らかのハプニングがあって、大賀美が負傷したようだ。南が慌てて駆け寄る。

「大賀美先生、大丈夫？　保健室に行ったらどうかしら。あそこなら包帯や湿布が置いてあるわよ」

「なら、このまま僕が運びます。大賀美先生、しっかり摑まっててください」

槇田は大賀美を抱いたまま颯爽と廊下を歩いた。重そうにしているそぶりはなく、半ばトレードマークと化していた猫背も今はぴんと伸びていて、実に頼もしい。

一花は、去っていく二人をじっと目で追った。

大賀美の手は、槇田が羽織っている白衣をしっかり握り締めていた。何があっても離れないように、ぎゅっと。

6

人魂の正体は、蛍光塗料で身体が光るようになったフクロモモンガだった。

貴公子探偵がこの事実に気が付いたのは、一花がイクラ丼をテーブルに運んだからだ。

柚子ポン酢を浴びてキラキラ光っていたイクラが、推理に繋がった。

……というような話を、リヒト本人が今、二人の教師に語って聞かせている。

二人のうち一人、ひょろりと背の高い槇田は、ひたすら「へぇー、すごいなぁ」を連発した。

「南学園長が『名探偵だ』って言ってたけど、リヒトくんは本当にすごいんだね。しかも十七歳なのに大学まで出てるなんて……僕にはとても太刀打ちできない」

みんなでフクロモモンガを捕まえてから、すでに十日以上が過ぎている。本日、サザンクロス学園では文化祭が無事に催された。

ハチ捕獲作戦の際はばたばたしていて、大賀美と槇田には簡単な経緯しか伝えられなかった。そのあとも文化祭の準備で何かと忙しく、ここで改めて探偵本人が詳しい種明かしをする形となった。

「槇田先生。リヒトくんを見習って、もう少ししっかりしたらどうですか。このままだと生徒に舐められますよ。この間も『彼女募集中!!』と書かれた紙を、悪戯でくっつけられていたでしょう」

大賀美は手を腰に当てて顰め面をした。槇田は猫背をさらに丸めて苦笑いする。

「あー、その紙、背中に貼られちゃったんですよね。しばらく気付かなくて、そのまま二コマも授業をやってしまいました……」

「もう、情けないわね。それで、その……彼女募集中というのは、事実なんですか？」

「あはは。ええ、事実です。生徒もそれを知っててあんな紙を貼ったんですよ」

「……そうですか。とにかく、教師なんだからもっとしっかりしてくださいね！」

広くて殺風景な地学室に、生真面目な教師の声が響く。

室内には大きな机が六つ並んでおり、リヒトと一花、そして二人の教師が思い思いの場所に立っていた。

人魂の件はすでに片付いたが、一花たちは一応、今日までサザンクロス学園に留まっている。いくらなんでも数日でいなくなるのはおかしいし、文化祭が開催されるまで見守りたいというリヒトの意向でもあった。

この場にいない林蔵は、職員たちが切り盛りする模擬店を手伝っている。偽の清掃員に扮していたのは僅か十日ほどなのに、有能な執事は何人もの職員たちとすっかり打ち解けて、彼らとレモネード屋をやっているのだ。

地学室は普段は槇田のテリトリーだが、今日は文化祭責任者の待機場所になっている。特にやることのない一花とリヒトは、二人の教師とともにここに詰めている状態だ。

ふと窓の外に目をやると、そこにはたくさんの人が行き交っていた。

文化祭は外部から客が入るし、模擬店を回る生徒の姿もちらほら見える。みんな、とても楽しそうだ。

「あー、槇田先生、みーっけ！」

しばらくして、はしゃぐような声と軽やかな足音が聞こえた。数人の女子生徒たちが地学室に飛び込んできて、槇田の白衣を引っ張る。

「先生、うちのクラスに遊びにきてくださいよー。わたあめ屋やってるんですけど、槇田先生には特大サイズをあげます！」

「ピンクと水色のわたあめがありますよ。二つとも食べて、先生！」

「あ、いや、僕は文化祭の責任者だから、ここにいないと……」

女子生徒たちに四方八方から引っ張られた槇田は、すっかり困り顔だ。大賀美はよれよれになった相方を見て、こめかみに手を当てる。

「生徒たちのご指名ですし、行ってきたらどうですか？　私がここにいますから、大丈夫ですよ」

「え……そうですか。じゃあ、あとはお願いします、大賀美先生」

「やったー！　槇田先生、行こ行こ！」

意外にも、槇田は生徒から人気があるらしい。結局、女子生徒たちに引きずられるようにして地学室から去っていった。

残ったのは生真面目な女性教師と美麗な貴公子、そして家政婦（仮）である。

幸運なことに、今日は天候に恵まれた。窓から差し込む光が少し眩しい。そして、それ以上に輝いて見える制服姿のリヒトが、おもむろに口を開いた。

「大賀美先生は、槇田先生のことが好きなんだよね？」

次の瞬間、派手な音を立てて大賀美がよろけた。傍にあった椅子がいくつか巻き込まれて倒れている。

「おっと。気をつけて、先生。足、くじいてない？　あの日みたいに、槇田先生に保健室まで運んでもらおうか？」

よろめいて壁にもたれかかっている教師に、リヒトは手を差し伸べた。しかし大賀美はそれを無視してぷいっとそっぽを向く。

「足は大丈夫よ。モモンガを捕まえた日だって、全然たいしたことなかったわ。槇田先生が大袈裟に騒ぐから……」

「でも、大賀美先生は槇田先生に抱き上げられて、嬉しかったんだよね」

「……なっ！」

「大賀美先生は、槇田先生に好意を持ってる。だから文化祭の責任者に彼を指名した。同じ仕事をすれば一緒にいる機会が増えるからね」

「そんな……そんなこと、ないわよ！」

リヒトに詰め寄られ、生真面目な教師が困り果てている。

しかし、一花はあえて助け舟を出さなかった。……というより、大賀美の気持ちは、もはやバレバレだ。

お姫さま抱っこをされていたとき、槇田の白衣を握っていた手を見てピンときた。ついさっきも、大賀美は槇田に恋人がいるかあからさまに探りを入れている。

こうまでされて、気付かない方がおかしい。

(でも、大賀美先生の気持ちは、槇田先生に全然通じてないみたいだけどね……)

鈍感すぎる槇田の顔を思い浮かべ、一花は軽く苦笑した。目の前では、リヒトが引き続き大賀美に質問を投げかける。

「ねぇ、大賀美先生は、そんなに槇田先生と一緒にいたかったの？　彼の尻拭いするの、大変だっただろう。例の書類も大賀美先生がフォローしてたし」

「例の書類……？」

怪訝そうな顔で聞き返した大賀美に、リヒトは不敵な笑みを浮かべた。

「自治体に出す防火関連の書類だよ。槇田先生に書かせてたよね」

「あーっ！　リヒトさん、それってもしかして、大賀美先生がびりびりに破いてたあれですか?!」

一花は二人の間に割って入った。人魂の件が解決してすっかり忘れていたが、そういえば書類の疑問は残ったままだ。

リヒトは「そう。あれだよ」と頷いて、大賀美をまっすぐ見つめた。

「林蔵に調べてもらったんだけど、防火関連の書類は期日までにきっちり区役所に提出されてた。とても綺麗な字で、漏れなく完璧に記入されていたそうだよ。……実は僕、生徒のふりをしているとき、槇田先生の地学の授業を受けたんだ。だから彼が黒板に書いた文字を見てる。お世辞にも上手いとは言えなかった」

大賀美はぐっと唇を噛み、黙り込んでいる。

「ねぇ大賀美先生。防火関連の書類は、あなたが書いたんだよね。槇田先生が書いたものは不備だらけで、とても提出できる代物じゃなかった。だけどそれを槇田先生本人に言うと傷つけるかもしれないと思って、こっそり破棄して自分で書き直したんだ」

「ああ、そういうことだったんですね」

探偵の説明で、一花の心にあった疑問が一気に霧散した。

要するに、大賀美の行動は槇田への恋心が生み出したこと。分かってみれば、なんとも微笑ましい話である。

「僕はとても感心してるんだ。書類の件を含めて、槇田先生をフォローするのは骨が折れる。大賀美先生は教務主任もやってるから尚更だよね？　それでも槇田先生を相棒に指名した。そうまでして一緒にいたいなんて、よほど……」

「もう、やめて。認めるから！」

リヒトに散々畳みかけられ、大賀美はとうとう白旗を上げた。眉はハの字に下がり、頬が赤く染まっている。

「私は確かに、槇田先生に好意を抱いてるわ。文化祭の仕事を一緒にすれば、少しは話す機会が増えると思った。結局、怒ってばかりだったけど……」

「やれやれ、素直じゃないな。自分の気持ちをちゃんと打ち明ければいいのに」

「無理よ。私は見ての通りかわいくないし、それに、槇田先生より八つも年上だし……」

「女の人が年上だと、好きになっちゃいけないの？」

そのまっすぐな問いかけに、大賀美はポカンと口を開けた。

「……恋人にするなら、若い女性の方がいいんじゃないかしら」

「そんなの、槇田先生に聞いてみないと分からないよ。本人に確かめもしないで決めつけるのは間違ってる」

「リヒトくん……」

大賀美の肩からすとんと力が抜けた。張りつめていたものが薄れ、あたりに和やかなムードが広がっていく。

しかし、ほどなくして場の空気が一変した。

「お、大賀美先生、大変です！」

素っ頓狂な叫び声。

女子生徒たちと一緒に出ていったはずの槇田が、地学室の戸口でわなわなと肩を震わせている。今にも泣き出しそうだ。

「大賀美先生、メイン校舎の一階で、水道が壊れました。廊下が水浸しです。ど、どうしよう……」

「何ですって?!」

途端に、大賀美の顔がきりりと引き締まった。

「僕、なんとか水を止めようと思ったんです。でも、蛇口をひねったら、金具ごと外れちゃって……ほら、これ」

「私に取れた蛇口を見せても意味ないでしょう。元栓を締めなきゃ駄目よ。ああもう、どの水道?!」

「こっちです、こっち」

二人の教師は、ばたばたとせわしなく走り去っていく。

あたりに静けさが戻ったころ、リヒトが「やれやれ」と苦笑した。

「しばらく進展しそうにないね、あの二人。……さて一花、そろそろ帰ろうよ。ここまで来たら文化祭は上手くいくだろうし、もう僕がやることはない」

「えー、クラスの出し物とか模擬店とか、見ないんですか?」

一花は思わず突っ込んだ。

せっかくの文化祭なのに、何も楽しまないなんて勿体ない。それに、帰るということは依頼の完了を意味する。つまり、リヒトの制服姿もこれで見納めということだ。やはり勿体ない。

しかし、そんな一花の考えとは裏腹に、リヒトは冷めた表情を浮かべた。

「文化祭は見なくていいよ。そもそも僕は高校生じゃないし、学校の行事なんて……」

「あー、リヒトくん、いた！」

「リヒト！　ようやく見つけた」

「探したよ、リヒトくん」

貴公子探偵の言葉を遮るように、いくつか声が重なった。

地学室に入ってきたのは三人の生徒たちだ。莉々と武蔵、そして亮。走ってここまで来たのか、みんな軽く息を弾ませている。

莉々が眉根を寄せて、寂しそうに言った。

「先生に聞いたんだけど、リヒトくん、また転校しちゃうんだって？　残念！」

亮だけには正体を打ち明けたが、他の生徒たちにとって、東雲リヒトはあくまでもただの高校生。最後の最後まで探偵ということは伏せることにした。もうサザンクロス学園に通うことはないので、再び転校するという設定にしてある。特殊な生徒が集まるこの学園では、短期間で学校が変わることもさほど珍しくない。

「わたあめ売ってた女子がリヒトのことを見かけたって言ってて、俺たち探してたんだ。なぁリヒト。これから一緒に、文化祭回ろうぜ！」

「えっ」

武蔵の突然の申し出に、リヒトはその場で一瞬固まった。やがて金髪に手を当て、しどろもどろになる。

「三人で楽しく過ごしてるところに僕が入ったら、邪魔にならないかな。僕はもう転校するから、部外者になるし……」

「邪魔になんて、ならないよ！」

力強く断言したのは亮だった。拳を握り締めて、もう一度叫ぶ。

「邪魔になんて、ならない！」

すかさず、莉々も前に出た。

「亮くんの言う通りだよ。転校するからこそ、離れちゃうからこそ、『今』一緒に楽しみたいの！　それに、離れ離れになってもリヒトくんは部外者なんかじゃない」

「そーそー。一緒に弁当を食ったら、もう友達だからな。同じ釜の飯ってやつ！」

武蔵がニッと白い歯を見せて笑う。

リヒトはしばらくその場に立ち尽くしていた。二つの綺麗な瞳が、いつもより輝いている。

一花はリヒトに歩み寄り、そっと肩を叩いた。

「リヒトさん。せっかくですし、文化祭を見てきたらどうですか。……お友達と一緒に」

「――そうだね。行ってくるよ」

天使のような顔に、とびきりの笑みが浮かぶ。

眩しかった。今のリヒトには、探偵としての責務や、東雲コンツェルンの影が微塵も感じられない。

四人の高校生たちは、談笑しながら部屋を出ていった。

一人、部屋の中に残った一花は、まだ微かに残る眩しさの余韻をいつまでもいつまでも味わっていた。

チョイ足し三品目　時短で染みウマ！大根の浅漬け

1

服部林蔵、七十歳。

リヒトにいつも影のように付き従う忠実な執事である。

若いころ英国の執事専門学校《バトラースクール》を首席で卒業し、その能力を高く評価したリヒトの父・東雲辰之助に雇われた。

三十歳のときに知人の女性と結婚したが、十年ほど前に死別。子供はいない。独身となった今は東雲辰之助の命を受け、リヒトに仕えるため松濤の家に住み込んでいる。

始終穏やかな林蔵だが、実は合気道の達人だ。運転技術はプロのレーサー並み。広い庭の手入れを率先して担い、時には探偵の助手となって調査までこなす。日本広しといえど、これほど完璧な執事はそうそういないだろう。

——そんな林蔵が、ここ数日、妙にぼんやりしている。

口髭をたたえた顔はこわばり……かと思ったら悲しそうに歪み、挙句の果てには大きな溜息を連発。明らかにおかしい。

「……ねぇ一花。林蔵、少し変だよね」

一花がダイニングテーブルを拭いていると、リヒトが歩み寄ってきて囁いた。

「はい。少しぼーっとしてますね」

「どうしたんだろう。風邪でも引いてるのかな」

「私もそう思って聞いてみたんですけど……なんでもないって」

広々としたリビングの片隅。一花とリヒトは、ダイニングテーブルのある一角で互いに顔を見合わせた。それから、少し離れた場所にいる林蔵に目を移す。

執事は片手に小さなじょうろを持ち、室内に置かれた観葉植物に水をやっていた。いつも通り燕尾服をきっちり着こなしているが、丸眼鏡の奥の瞳には生気がない。

じきに十月が終わるが、数日前からこんな感じだった。一花が「大丈夫ですか」と聞いてみても、「平気です」という答えが返ってくるだけ。本人がそう言う以上、無理に突っ込んで聞き出すわけにもいかず……。

どうしたものかと考えあぐねていたとき、ジャーッと水が流れ落ちる音がした。

「あっ、林蔵さん、じょうろが！」

林蔵は一花の声でハッと我に返った。植木鉢に傾けていたはずのじょうろが、明後日の方を向いている。

ぼんやりしていて手元が狂ったのだろう。当然、床は水浸しだ。

「こ、これは！　この林蔵、とんでもない失態を……！」

「大丈夫ですか。これ、使ってください」

燕尾服に少し水滴がついてしまっている。一花は林蔵に駆け寄ってタオルを差し出した。

自らは水が零れた床を雑巾で拭う。

「一花さん、お手数をおかけいたします。……リヒトさま、大変申し訳ございません。執事が家の中を汚すなど、あってはならないことでございます」

林蔵はじょうろを傍に置き、深々と頭を下げた。半ば土下座するような勢いだ。ダイニングテーブルのあたりにいたリヒトは、平身低頭の執事に慌てて近づいてくる。

「水が零れたくらい、たいしたことないよ。気にしないで、林蔵」

主にそう言われても、林蔵はしばらく頭を下げ続けていた。……と思ったら、今度は勢いよく顔を上げ、切羽詰まった表情を浮かべる。

「リヒトさま。この林蔵に――一日だけお休みをいただけないでしょうか」

「え、休み？　林蔵が？」

緑がかった青い瞳が大きく見開かれた。

「はい。執事としてあるまじき失態を犯しておいて、さらにこんな申し出をするのは大変心苦しいのですが、どうかお許しいただきたく……」

「林蔵はいつもきっちり働いてくれてるし、一日と言わず、もっとゆっくり休んで構わないよ。けど……大丈夫？　どこか身体の具合でも悪いんじゃないの？」

「いいえ、私《わたくし》めは至って健康でございます。……お休みは、明日一日だけで十分。お気遣い、感謝いたします」

林蔵はリヒトに向かって一度深々と頭を下げてから、聞こえるか聞こえないかくらいの小さな声で呟いた。

「明日一日で必ず、あの問題をなんとかしなければ……」


翌日の午前中、一花とリヒトは六本木《ろっぽんぎ》にいた。

あたりには大小の四角い建物がたくさん並んでいる。セレブが集い、日本のＩＴビジネスの最先端が詰まっている場所だ。六本木ヒルズや東京ミッドタウンなど、見どころはたくさんあるが、今回は遊びにきたわけではない。

「林蔵さん、どこへ行くんでしょうか……」

一花たちの前方、二十メートルほど先に林蔵の背中が見えた。その身体を包んでいるのはいつもの燕尾服ではなく、よく似たテイストのスーツだ。

林蔵は今日、宣言通り休みを取った。午前十時ごろ引き締まった顔つきで松濤の家を出ていった執事（休暇中）のあとを、彼の主である美少年と家政婦（仮）がこっそり追いかけている。

尾行しようと言い出したのはリヒトの方だが、一花も迷わず賛成した。

とにかく、林蔵のことが心配だった。何か問題を抱えているに違いない。だが、本人はそれを心に秘めている。気心の知れた相手のあとをつけるのは少し心苦しいが、事情を聞き出せない以上、自分たちで調べるしかない。

尾行を悟られないように、十分距離を取って進んでいた。さらに一花もリヒトもキャスケット型の帽子を被っている。これなら急に林蔵が振り返っても顔を隠せるし、多少の変装にもなる。

松濤の家を出た林蔵は、地下鉄を乗り継いで六本木駅までやってきた。東京ミッドタウンに近い出口から外に出て、どんどん進んでいく。

その足取りに迷いはなかった。時折ビルのはざまから見える六本木ヒルズ森タワーや、独特の外観をした国立新美術館には目もくれない。どうやら目的地は明確に定まっているようである。

「あ、止まった」

やがてリヒトが小さく声を上げた。

二十メートル先で林蔵が立ち止まり、目の前にある大きな建物を見上げている。エントランスには女神を模した白い像が置かれ、リッチな雰囲気が漂っていた。

「タワーマンションだね。林蔵は、ここに用事があるのかな」

「どなたか、お友達でも住んでいるんでしょうか」

リヒトと一花は近くにあった街路樹に身を隠しながら様子を窺った。

しばらくエントランスの前で佇んでいた林蔵は、一つ息を吐くと意を決したように足を踏み出した。大きな自動ドアの横に設置された、住民呼び出し用のインターフォンと向かい合う。

しかし、それに触れる寸前、横合いから悲鳴に似た声が飛んできた。

「林蔵さん、駄目！　やめてください！」

息を弾ませて、若い女性が走ってくる。その女性は林蔵を半ば引きずるようにしてインターフォンの前から引き剝がし、腕に縋りついたまま首を横に振った。

「こんなことやめてください！　わたしのせいで、林蔵さんにまで迷惑をかけたくない」

「迷惑などではありませんぞ。大事な人が理不尽なことを言われたのに、このまま引き下がるわけにはまいりません」

「そのことは、もういいんです。わたし、諦めます……」

「諦めてはなりません。あなたが強く言えないのなら、この林蔵が直接、相まみえる所存。こうなったらもう、死なばもろとも……！」

林蔵の口から、何やら物騒な言葉が漏れた。その途端、一花の隣にいたリヒトが街路樹の陰から飛び出す。

「林蔵、待って！　早まったら駄目だ！」

「――リヒトさま！」

突然現れた金髪の美少年に、林蔵は驚愕の眼差しを向けた。一緒にいた女性も棒立ちになっている。

こうなったら一花も飛び出すしかない。

「林蔵さん、よく分からないけど、危ないことはやめてください！」

「一花さんまで……これは一体」

「ごめんなさい。林蔵さんのことが心配で、あとをつけてたんです。『死なばもろとも』なんて、一体何があったんですか？　それから、そちらの女性は……」

林蔵に縋りついたまま呆然と突っ立っている女性は、細身で一花よりやや背が高かった。髪型はワンレングスのロング。控えめにフリルがついた花柄のブラウスにデニムを合わせている。

卵形の輪郭に、薄い唇と奥二重。日本人形のような顔立ちの女性は、林蔵の腕を離し、突然現れた一花たちにぺこりと頭を下げた。

「初めまして。西嶋沙奈絵《にしじまさなえ》と申します」

「沙奈絵さんと林蔵は、どういう関係なのかな」

リヒトが問うと、沙奈絵はじっくり言葉を選んでから答えた。

「わたしは林蔵さんのことを、お父さんだと思っています」

「ええっ、ということは……娘さん⁈」

一花は思わず叫んだ。

林蔵に子供はいないはずだ。まさか隠し子――そんな言葉が脳裡を掠め、慌てて頭《かぶり》を振る。隣にいたリヒトは、声を出せないほど驚いているようだ。

緊迫感が漂う中、林蔵が神妙な面持ちで言った。

「リヒトさま、一花さん。ご心配をおかけして申し訳ありません。こうなった以上、何があったかすべてお話しいたします……」

2

一花たちは六本木の路上でタクシーを拾い、沙奈絵を連れてひとまず松濤の家に戻った。

林蔵は着いてすぐスーツから燕尾服に着替え、すっかりいつものスタイルだ。今日は休みを取ると言ったが、やっぱり執事を貫くことにしたらしい。

客間に通された沙奈絵は二人がけのソファーに一人で座り、そわそわとあたりを見回した。

「こんな素敵なお部屋でおもてなしされると、却って落ち着きません。わたし、実は家政婦をしていて、いつもお客さまをお部屋に案内する方でしたから……」

「あ、そうなんですか。私も家政婦なんですよ！」

一人がけのソファーに座るリヒトの後ろに立っていた一花は、同業者と聞いて少し嬉しくなった。沙奈絵も一瞬親しげな笑みを浮かべてから、スッと背筋を伸ばす。

「改めまして、西嶋沙奈絵です。『小芝《こしば》家政婦紹介所』に所属しています」

以降、互いに自己紹介を済ませた。

現在二十八歳だという沙奈絵は、十七歳のリヒトが豪邸の主であることや、探偵のようなことをしていると聞いて最初は半信半疑な顔つきになった。

しかし林蔵に『リヒトさまにお任せすれば間違いはありませんぞ』と言われ、警戒を解いてくれたようである。

「沙奈絵さん。林蔵のことを『お父さん』だって言ってたけど、どういうこと？　僕はあなたのことをもっとよく知りたいな」

リヒトに微笑まれ、沙奈絵の頬にサッと赤みが走る。

無理もない。美少年に『あなたのことをもっとよく知りたい』などと言われて、ときめかない女子はいないだろう。

沙奈絵は赤面しながらも、ぽつぽつと話し出した。

「わたしは乳児のころに両親を事故で亡くし、『夢《ゆめ》の樹園《きえん》』という児童養護施設で育ちました。林蔵さんは奥さまと一緒にたびたび夢の樹園に来て、施設のお手伝いをしてくれたり、わたしたちと遊んでくれたりしたんです。進路の相談などにも乗ってくれて、施設の子供たちにとってはお父さんのような存在でした」

「子供のいなかった私どもにとって、夢の樹園を訪れることは楽しみの一つでございました。妻を亡くしてからは、仕事が忙しくなったのもあり少々足が遠のいておりますが、施設のみなさまとは細々と交流がございます。中でも沙奈絵さんは、季節の挨拶状などをよく送ってくださり、大変ありがたく思っております」

燕尾服姿の林蔵が、沙奈絵に向かって会釈する。

隠し子か……と一瞬思ってしまったことを、一花は心の中で詫びた。考えてみれば、誰よりも誠実な林蔵にやましいことなどあるはずがない。

五か月ほど行動をともにしたが、林蔵が児童養護施設の手伝いをしていたという話は初耳だった。リヒトも同様らしく、「へぇー」と頷きながら沙奈絵に先を促す。

「わたしは高校卒業と同時に夢の樹園を出て、家政婦として働き始めました。何度かお伺いする先が変わったのですが、三年ほど前、六本木のタワーマンションに住んでいる方のお宅に派遣されたんです」

「ああ、さっき林蔵と揉めていた、あの建物だね」

リヒトが相槌を打つと、沙奈絵は「はい」と言いながら表情を曇らせた。

「わたしはそこで通いの家政婦をすることになりました。家主は独身の男性で、霧ケ瀬紘《きりがせひろ》也《や》さんという方です」

「霧ケ瀬紘也さん……？　あれ、その名前、どこかで聞いたことありますね」

一花は斜め上を見ながら記憶を手繰り寄せようとした。だが思い出す前に、リヒトがスマートフォンで検索する。

「有名な音楽プロデューサーだね。もとはゲーム会社に勤めてたけど、独立後、海外アーティストに提供した楽曲が当たったみたいだ。ウェブ上で顔写真も出回ってる」

スマートフォンに映し出されているのは顔写真付きの記事だ。リヒトの肩越しに、一花もそれを眺めた。

インターネットの記事によれば、霧ヶ瀬紘也は現在三十二歳。パソコンを駆使したデジタル音楽の作曲に定評があり、今は世界じゅうから楽曲提供のオファーを受けている。五年ほど前に個人で会社を作り、同時に仕事場兼自宅を六本木のタワーマンションに移した。

ゲーム会社の平社員だった人物が、今やセレブの仲間入りである。

「紘也さんはとにかく忙しい人で、打ち合わせなどのない日はほぼ仕事場に籠もって作業をしています。家事をやる暇が全くないとのことで、わたしが雇われたんです。紘也さんは最初はほとんど何も喋らず、それどころか仕事場から一切出てこない日もありました。だけど働き始めてから少し経って、休憩時間に一緒にお茶を飲んだりするようになったんです……」

「ふーん。それで、今はプロポーズされてるってわけか」

話を半分遮る形で、リヒトが突然そんなことを言い出した。当の沙奈絵はもとより、一花も目を見開いて驚く。

「えぇ、プロポーズって……リヒトさん、どうしてそんなことが分かるんですか？」

沙奈絵が話したのは紘也とお茶を飲むようになったところまでだ。まだ手さえ握ってない。

なのに一足飛びに求婚だなんて、面白そうな部分がごっそり抜けていて実につまらない……というのはおいておいて、いささか推理が先走りすぎではないだろうか。

しかしリヒトは、自信満々な表情で沙奈絵の手元を指さした。

「左手の薬指に綺麗な指輪がはまってる。ただのアクセサリーなら別の指を選ぶはずだよ。それに、随分大きなダイヤモンドが使われてるから、かなりお金持ちの人から贈られたんじゃないかな。それこそ、六本木のタワーマンションに住めるくらいの」

確かに、沙奈絵の左手にはダイヤモンドをあしらった指輪がはめられている。

花柄のブラウスの袖に隠れていたのもあり、一花はそれに全く気付かなかったが、リヒトは見逃さなかったようだ。さすがは貴公子探偵である。

「……はい。わたしは半年前、紘也さんからプロポーズされました」

沙奈絵はこくりと頷いた。そのまま左手を顔の傍まで持ってきて、どこか寂しげな顔で光る指輪に目を落とす。

「最初は、お断りしたんです。児童養護施設で育った家政婦のわたしと、タワーマンションに住むお金持ちの紘也さん……どう考えたって釣り合いません。紘也さんは有名人ですから、結婚となると多少マスコミが騒ぐと思います。何の取り柄もないわたしが妻だと世間に知れたら、『見る目がないな』と紘也さんを馬鹿にする人がいるかもしれない」

「そんなことはありませんぞ。沙奈絵さんは人柄もよく、素晴らしい方です」

林蔵がすぐさま口を挟んだ。

「ありがとう、林蔵さん。紘也さんも、ほぼ同じことを言ってくれました。『立場なんて関係ない』って。わたしはそれがとても嬉しかった。だから、迷ったけどプロポーズを受けたんです」

でも、と沙奈絵は肩を落とした。プロポーズのくだりで漂っていた甘やかな雰囲気が、一瞬にして消える。

「少し前から紘也さんの態度がおかしくて……。だんだん顔を合わせてくれなくなったというか、わたしを避けるようになったんです」

仕事柄、紘也はいつもイヤホンかヘッドホンをしている。しかし沙奈絵の前ではそれを外し、とことん話に付き合ってくれていたそうだ。

それが、二か月ほど前から会話がぐんと減ってしまった。紘也は部屋に籠もりきりになり、沙奈絵が声をかけてもイヤホンを耳に突っ込んだまま顔を覗かせるだけ。しまいには、『用事があったら紙に書いてドアの隙間から差し入れてくれ』と言い出したらしい。

「紘也さんと直接話そうとしても、避けられてばかりです。そんな状態が続いて、二週間前、わたしはとうとう家政婦を解雇されてしまいました」

「え、解雇?! クビってことですか?!」

一花の声が裏返る。未だ仮採用中の家政婦にとって、クビは最も怖いワードだ。

「プロポーズは受けましたが、正式に婚姻届を出すまで、わたしは紘也さんに雇われた家政婦という立場だったんです。週に五日ほど六本木のお宅に通っていたんですが、急に解雇すると言われました。結婚の話も、なかったことにしてほしいと……」

「そんな、ひどい！」

咄嗟に叫んでしまった。一花以上に顔を顰めたのは、隣に立っていた林蔵である。

「婚約したという旨のお手紙を沙奈絵さんからいただいたとき、この林蔵、自分のことのように嬉しく思いました。……それを急に反故にするとは、到底信じられません。しかもお相手の方は、翻意した理由すら明かさないというのです」

「なぜプロポーズを取り消すのか、紘也さんにいくら聞いても話してくれませんでした。婚約指輪を慰謝料代わりに売るなり何なりしていいと言われただけで……。わたし、悲しくなって、林蔵さんに電話してしまったんです。そうしたら今日、林蔵さんが自ら紘也さんを問いただすと言い出して……。でも、これはわたしと紘也さんの問題。他の人を巻き込みたくありません。だから止めました」

林蔵は今日、紘也の家に乗り込むつもりだったのだ。ここ最近、思いつめたような顔をしていたのは沙奈絵の身を案じていたせいだろう。

沙奈絵が林蔵のことを『お父さんのような存在』と言っていたように、林蔵もまた、彼女を大事に思っているのだ。

「自分からプロポーズしておいて、『なかったことにしてほしい』かぁ……」

リヒトは長い指を顎に当て、沙奈絵に向き直った。

「ねぇ沙奈絵さん。さっき林蔵に『諦めます』って言ってたけど、それって紘也さんとの結婚を断念するってことだよね？」

「はい。もういいんです。紘也さんが結婚しないと言ったんだもの。諦めました」

「――それは嘘だね」

「え?」

青い双眸が、沙奈絵をまっすぐ見据えた。

「沙奈絵さんはまだ紘也さんのことを吹っ切れてない。だから婚約指輪をずっと付けたままにしてるんだよ。本当に諦めたなら、とっくに処分してるはずさ。高価なものとはいえ、結婚する気がない相手からもらった婚約指輪なんて、持っていても意味がないからね」

「あ……これは、その……」

沙奈絵は咄嗟にブラウスの袖で婚約指輪を隠した。しかし、やがて観念したような顔つきになる。

「紘也さんは天涯孤独のわたしに『家族になろう』と言ってくれました。とても嬉しかった。なのに突然こんなことになるなんて、まだ信じられないんです。吹っ切ることなんてできない……!」

ぽつぽつ聞こえてくる声は、微かに震えていた。沙奈絵の悲痛な気持ちがひしひしと伝わってきて、一花まで涙が零れそうになる。

リヒトは「うーん」と腕組みをした。

「紘也さんが突然、しかも一方的に婚約を破棄した理由は僕も気になるな。素封家とはいえ、沙奈絵さんに贈った指輪は相当値が張るものだよ。それを無駄にしてまで結婚を取りやめたいなんて、一体なぜだろう。これは大いなる謎だよ」

「謎……そうでしょうか。そもそも家政婦のわたしが売れっ子の音楽プロデューサーと結婚するなんて、無理があったんです。紘也さんは改めてその事実に気が付いて、わたしのことが嫌になっただけ……」

「あのさぁ、沙奈絵さん」

沙奈絵の言葉に、鋭い声が被さった。貴公子探偵は膝の上で僅かに拳を握り締め、きっぱりした口調で言う。

「家政婦だろうがセレブだろうが、好きになった人と結婚したらいけないの？　違うよね？　僕は少なくとも、プロポーズの時点では紘也さんはすごく真剣だったと思うよ。一度は沙奈絵さんに断られたのに、それでも諦めなかったんだ。沙奈絵さんは、紘也さんに選ばれた人なんだよ。もっと自信を持ちなよ」

リヒトに続けて、一花も大きく頷いた。

「私もリヒトさんと同じ意見です！　沙奈絵さんは素敵な人です。誰からプロポーズされても不思議じゃない」

沙奈絵には芯の通った美しさがある。それに、少し話しただけで控えめで誠実な人柄が伝わってきた。紘也がプロポーズしたくなる気持ちはよく分かる。

最後に、林蔵がゆっくりと口を開いた。

「私は沙奈絵さんのことを、幼いころから存じております。あなたは昔から素直で優しかった。今ではどこに出しても恥ずかしくない、素晴らしい人に成長されました。何も卑下することはございません。私はあなたに、ただ幸せになってほしいのです」

「林蔵さん……」

沙奈絵の瞳から、とうとう光る雫が零れた。林蔵が素早く駆け寄り、真っ白いハンカチを差し出す。

涙が収まるのを待ってから、リヒトは言った。

「ねぇ沙奈絵さん。どうして紘也さんが急に婚約を破棄したのか、その謎を僕に解かせてくれないかな」

「えっ……」

「沙奈絵さんはさっき『吹っ切ることなんてできない』と言ったよね。もし完全に結婚の話がなくなるにしても、理由がはっきりしてた方が気持ちにケリをつけやすいんじゃないかな。それに……林蔵も気にしてるみたいだし。使用人の抱える心配事は、僕の心配事でもある」

貴公子探偵の視線を受けた執事は、深々と頭を下げた。

沙奈絵の瞳に、再び涙が浮かぶ。

「紘也さんがなぜ急に冷たくなったのか全然分からなくて、毎日不安なんです。何か彼を傷つけるようなことをしてしまったんじゃないか、わたしに至らない点があったんじゃないか……そう思ったら、前を向けません。婚約破棄に理由があるなら、知りたい。探偵さん、どうかお願いです――謎を解いてください」

　こうして、貴公子探偵の前に新たな謎が提示された。

　一花は沙奈絵に寄り添う林蔵を見て、本当の父親のようだと心から思った。

3

「うわ、大きい……」

　一花はうんと首を反らして上を見ながら、思い浮かんだ言葉をそのまま口にした。

　目の前にそびえ立っているのは、六本木のタワーマンション。地下一階・地上四十階建てのそれは、さながら天空に突き出た塔だ。

　高級ホテルのようなエントランスに立っているだけで場違いな感じがして、一花はなんとなくソワソワしていた。対して隣にいるリヒトは、いつもの通り美麗な、そして落ち着き払った顔をしている。

「大きい……」

　一花が再び同じ言葉を漏らすと、リヒトが「そうかな？」と口を挟んできた。

「僕にはごく普通のマンションに見えるよ。家を出る前に調べてきたけど、ここは戸数が多いし、一軒一軒はさほど広くないんじゃない？　紘也さんが住んでるのも三ＬＤＫの物件なんだろう？　単身者にはちょうどいいかもしれないね」

六畳二間の物件に家族で住んでいた一花からすると、目がチカチカするような話だ。いろいろと突っ込みたいことはあったが、本題を思い出して言い返すのは諦めた。

今から、この大きなマンションの三十九階に住む紘也を訪ねる。

目的の一つは、もちろん沙奈絵の件を追及することだ。急にプロポーズを撤回した理由を、リヒトは直接、本人に問いただすという。

「紘也さんは私たちを部屋に通してくださるでしょうか。それに、謎の答えをご本人に聞きにいくなんて、謎解きでもなんでもないですよね」

要塞めいた集合住宅を前に、一花はすっかり怖気づいていた。住民呼び出し用のボタンに手をかけていたリヒトは、そんな家政婦（仮）の方を振り返る。

「本人が答えを教えてくれたら楽だろうね。でも、紘也さんが素直に理由を話してくれると思う？　沙奈絵さんにすら何も喋らないんだよ」

言われてみれば、赤の他人が首を突っ込んでも事態が進展する可能性は低い。リヒトはそれを重々承知のようである。

「何も聞き出せないって分かっているのに、どうしてお宅にお邪魔するんですか？」

「まぁ、敵情視察かな。それに、紘也さんの様子を見てきてくれって沙奈絵さんに言われたじゃないか」

松濤の家で、沙奈絵は紘也のことを散々心配していた。「紘也さんは全然家事ができないから、お部屋が散らかっているかも」「ご飯はどうしているんでしょう。出来合いのものばかりだと、栄養が偏っちゃう」などと言って、一花たちに様子を見にいくよう頼んできたのだ。

プロポーズを急に撤回し、クビを言い渡してきた相手だというのに、沙奈絵はお人好しすぎる。だが、それほど紘也のことが好きなのだろう。

林蔵は、そんな沙奈絵と松濤の家で待機中である。

「恥ずかしながらこの林蔵、今回は少々取り乱しているゆえ、紘也さまと冷静にお話しすることはできないでしょう。リヒトさま、一花さん。あとのことはよろしくお願いいたします」

と、頭を下げて一花たちを見送ってくれた。

有能な執事と、彼の娘代わりである沙奈絵の気持ちを受けて、一花はここにいる。豪華なタワーマンションを前にして多少怯んでいたが、二人の顔を思い出して気合いを入れ直した。

リヒトは改めて住民呼び出し用のボタンと向き合い、沙奈絵から聞いた紘也の部屋番号を打ち込む。

「こんにちは、霧ヶ瀬紘也さん。沙奈絵さんの件で話がしたいんだけど」

呼び出しボタンの下部にあるマイクに向かって探偵が話しかけると、すぐにエントランスのロックが外れる音がした。紘也が自分の部屋から開錠してくれたのだ。

「ふーん。手こずると思ってたけど、案外素直に開けてくれたね。一花、行こう」

三つ揃いのスーツに身を包んだリヒトにくっついて、一花はエントランスをくぐった。入ってすぐのところに広いロビーがあり、高級ホテルを彷彿とさせる。天井は高く、豪華なシャンデリアがそこからいくつも下がっていた。奥のエレベーターに乗り込み、三十九階を目指す。

「僕、自分の家に行くのにいちいちエレベーターに乗らなきゃいけないのが嫌なんだ。住むなら戸建てがいいな」

自分なら風呂が付いていればなんでもいい……一花がそう思っているうちに、目的の部屋に辿り着いた。エントランスにインターフォンが付いていたが、個別の部屋の前にも小さな呼び鈴があり、リヒトは躊躇いなくそれを押す。

ほどなくしてドアが開き、痩せた男性がにゅっと顔を突き出した。

「……とりあえず、入れよ」

身長はおよそ百七十五センチ。スウェットシャツにところどころ穴の開いたジーンズを身に着けた、この人物が紘也だ。両耳にカナル型のイヤホンを突っ込んだまま、親指で部屋の中を指し示している。

リヒトに続いて室内に足を踏み入れると、内部は白でまとめられており、全体的にゆったりした造りになっていた。開放感があるが、ところどころに雑誌やピザの空き箱が積み重ねられていて、必要以上に生活感が漂っている。

一花は一応、プロの家政婦だ。こういうのを見ていると片付けたくなってくる。沙奈絵が言っていた通り、ここの家主は本当に家事ができないらしい。

「二週間前に沙奈絵さんを解雇したあとは、新しい家政婦を雇ってないの？」

玄関から続く廊下を歩きながら、リヒトが尋ねた。

いきなりクビの話題から入るなんて……と一花はヒヤヒヤしたが、先頭を歩いていた紘也は怒り出すことなくぼそりと呟く。

「……家政婦は、もう雇う気ないから」

通されたのは廊下の突き当たりにある部屋だった。広々としたリビングだ。客間も兼ねているらしくソファーセットが置かれているが、やはりここにも宅配ピザの箱やペットボトルが乱雑に散らばっている。

紘也が奥の方にあるソファーを指さしたので、一花とリヒトはそこに並んで座った。紘也自身は向かい側に腰を下ろす。

「……で、おたくらは何？　沙奈絵の友達か何か？　急な解雇について、俺に文句でも言いにきたのかよ」

部屋に上げてくれたものの、やはり一花たちの訪問を歓迎しているわけではないようだ。

そんな紘也に、貴公子探偵は優美な笑みを見せる。

「僕は――沙奈絵さんの新しい婚約者だよ」

一花が「えぇっ?!」と叫ぶのと同時に、紘也は大慌てでソファーから腰を浮かせた。

「なっ……！　沙奈絵が、結婚だって?!　そんな、嘘だろ……」

紘也の肩はひどく震えていた。瞳ははっきりと潤んでいる。顔面蒼白。今にも生気《せいき》が抜けてしまいそうだ。

リヒトはそれをじっくりと眺めてから、あっさりと言い放った。

「軽いジョークだよ。本気にした？」

「……っ！　ふ、ふざけるな」

浮かせていた腰を再びソファーに戻し、紘也は仏頂面で腕組みをした。一花も胸を撫で下ろして姿勢を正す。

まさか沙奈絵の婚約者と言い出すとは思わなかった。まだ心臓がドキドキしている。

「僕は東雲リヒト。こっちは一花。沙奈絵さんの知り合いと思ってくれればいい。……紘也さん。あなたは今、僕が沙奈絵さんの婚約者だって聞いてかなり狼狽えてたけど、それはなぜ？」

「……はぁ？」

怪訝そうな面持ちの紘也に、貴公子探偵はなおも詰め寄った。

「傍から見て分かるほど、ものすごくショックを受けてたよね。さっきも沙奈絵さんの名前を出したらすぐに鍵を開けてくれたし。まるで彼女に未練があるみたいだ。自分からプロポーズを撤回して突き放したのにおかしいなぁ」

「ち、違う。沙奈絵のことは……もういい」

「本当にもういいの？　さっき言ったのは冗談だけど、沙奈絵さんはフリーになったんだ。

この先、誰かと結婚するかもしれないよ。あれだけ綺麗な人だし」

「――!!」

いったんは落ち着いていたはずの紘也が、再び顔面蒼白になる。今度こそ瞳が決壊しそうだ。

リヒトが呆れ顔で突っ込んだ。

「やっぱり、未練たらたらじゃないか」

「未練なんかない！　俺は結婚する気がなくなったんだ。沙奈絵には婚約指輪を慰謝料代わりにやると言ってあるだろ。まさか、金額に不満があるのか？」

「沙奈絵さんは、お金の話なんてしてません！」

一花は堪えきれずに口を挟んだ。沙奈絵はあんなに紘也のことを心配していたのに、この言い様はあんまりだ。

「どうして急にプロポーズを撤回したのかな。沙奈絵さんは理由が分からなくて戸惑ってる。僕は真面目に聞いてるんだ。そのイヤホンを外して、ちゃんと話さない？」

「………………」

貴公子探偵の険しい口調が功を奏したのか、紘也は両耳に入れていたイヤホンをしぶしぶ外した。きまり悪そうな態度で頭に手をやり、半ば怒鳴るように話し出す。

「どうしてって言われても、仕方ないだろ！　気が変わったとしか言えない。沙奈絵と結婚するなんて無理なんだよ、俺には！」

「無理ってどういうこと？　あんなにいい婚約指輪を渡したんだから、結婚の意志は固かったはずだよね」

「あー。家政婦までクビにしたのは悪かったよ！　結婚の話を俺から引っ込めた手前、一緒にいると気まずいんだ。分かるだろ？」

探偵の問いに対し、紘也の受け答えはどこかズレている。はぐらかすような態度に見えて、一花は少し苛ついた。

しかも、怒っているせいか声が大きい。五メートルも離れていない場所にいる一花たちに向かって話しているのに、大ホールでマイクなしの演説でもしているような勢いだ。

「とにかく俺は、沙奈絵と結婚する気はない。理由を聞かれても、なんとなくとしか言えない！」

「……分かった。もういいよ」

耳が割れるような大声に嫌気がさしたのか、リヒトは顰め面で紘也を止めた。

「結婚なんて、俺には向いてないんだ。沙奈絵が急にクビになって困るって言うなら、次の仕事が決まるまで給料を払うから、そう伝えておいてくれ！」

しかし紘也はまだ喋り続けている。

「もういいよ、紘也さん」

リヒトは今度はもう少し大きな声で、なおかつ身振りを交えてストップをかけた。

紘也はハッと我に返ったように口を噤んだあと、険しい表情で部屋の出入り口を指さす。

「帰ってくれ！　これ以上話すことはない」

響いたのはやはり、怒鳴るような大声だ。塔の上の薄汚れた部屋には、微かな哀愁が漂っていた。

帰ってくれ、と言われたのでその通りにすると思いきや、探偵は待機を選んだ。

紘也の部屋を出てから小一時間。一花たちはタワーマンション付近にある街路樹に身を潜め、エントランスのあたりを窺っている。

このマンションには出入り口が二つあり、今見張っているエントランスの他に、地下駐車場からも外に出ることができる。だが沙奈絵から聞いた話によれば、紘也は車の運転がさほど得意ではないとのこと。

なので、もし外出するなら間違いなくここを通るはずだ。

「紘也さんが出てきたら、尾行するんですか？」

街路樹の陰に身を潜めつつ一花が聞くと、リヒトは「うん」と首を縦に振った。

「予想してたことではあったけど、やっぱり明確な婚約破棄の理由は聞けなかったからね。行動を見張ってたら、何か分かるかもしれない」

紘也と対面してみて、彼がまだ沙奈絵に未練を残しているのは見て取れた。

そのせいで、婚約破棄の理由がますます分からなくなった。実を言うと一花は当初、ただの恋愛感情のもつれだと思っていたのだが、ここまで来ると立派な『謎』だ。

沙奈絵に対する未練を表に引きずり出したのは、リヒトの放った華麗な先制ジャブである。

「さっき、リヒトさんが沙奈絵さんの婚約者だって言い出したとき、ちょっとびっくりしちゃいましたよ」

思い出すとまた鼓動が速くなる。一花は胸にそっと手を当てた。

「ああすれば紘也さんの気持ちが一番よく分かると思ったんだ。大事な相手にちょっかいを出されたり、取られそうになったときほど、感情が素直に出るからね」

「そういうものなんですかね。……っていうか今のリヒトさんの台詞、妙に生々しいですよ。もしかして実体験ですか？」

横目で見ながら突っ込むと、リヒトの頬にサッと赤みが走った。焦っている。これは怪しい。

「さては、『取られそうになった』云々って、リヒトさんの体験談？」

「な……何言ってるのかな。僕は常識を言ったまでだ。恋愛経験がゼロの一花は知らないかもしれないけど！」

「うわ、失礼な。私だって恋愛経験の一つや二つ――」

そこで、リヒトは長い人差し指を唇の前にぴっと立てた。

「一花、それ以上言うとくしゃみが出るからやめておいた方がいいよ」

「……はい」

見栄を張ってありもしないことを口走っていたら、自前の嘘判定センサーが反応して今ごろくしゃみ連発地獄に陥っていただろう。ちょっとつつこうとしたらこれだ。やはり、貴公子探偵にはかなわない。

一花が敗北感に打ちひしがれていると、リヒトに袖をくいっと引かれた。

「紘也さんが出てきた」

「本当ですね。あ、通りの方に向かうみたいですよ」

早速、尾行の開始である。

「服装はラフだね。財布はポケットに入ってるかもしれないけど、鞄は持ってないし、たいした用事じゃないのかな」

つかず離れずの位置をキープしながら、リヒトは前方に鋭い眼差しを向けている。

探偵の指摘通り、紘也はスウェット姿だ。おおむねさっきと変わっていないが、赤いニットキャップを被っている点だけが異なっていた。

よく見ると、キャップで半分隠れた耳にイヤホンが刺さっている。こんなときでも音楽を聴くなんてさすがだな、と一花は妙に感心してしまった。

紘也は大通りまで歩くと、タクシーを拾った。すぐあとに来たタクシーに一花たちも乗り込み、尾行を継続する。

「前の車を追ってください」という台詞を、一花は生まれて初めて使った。交わした会話はそれだけだ。タクシーの運転手は慣れているようで、黙って指示通りにしてくれた。

車が止まったのは半時間後。

広い道の路肩でタクシーを降りた紘也は、すぐ傍の細い路地に入った。一花たちも下車してあとを追いかける。

小さな商店がたくさん並んだ通りを進み、やがて辿り着いたのは、都内の有名スポットだった。

「ここ、とげぬき地蔵ですね」

高岩寺と書かれた荘厳な門を見上げ、一花は呟いた。紘也は一足先にこの門をくぐって中に入っている。

寺の名前より、ご本尊のお地蔵さまの方が有名だろう。最寄り駅はＪＲ山手線の巣鴨《すがも》駅になる。

高岩寺の境内はさほど広くないが、人気スポットだけあってそこそこ参拝客がいた。お守りやキーホルダーなどを売る屋台もいくつかある。

一花たちも門をくぐり、人に紛れてターゲットの方をちらちら窺った。

紘也はまず本堂でお参りを済ませてから、白いタオルを片手に、境内の片隅にある仏像の前に立った。

大きさは成人男性の半分ほど。像の足元には、小さな賽銭箱と水が湧き出る石の鉢が設置されている。

「……彼は、何をしているのかな」

仏像の傍でせっせと手を動かし始めた紘也を見て、リヒトは不思議そうな顔をした。

「あれは多分、仏像に水をかけてごしごし拭いているんだと思います。ああすると、何かご利益があるみたいですよ。私、とげぬき地蔵に来るのは初めてなんですけど、参拝客がああやって仏像を拭いているのをテレビで見たことがあります」

「あの仏像がとげぬき地蔵なの？」

「どうなんでしょう。分かりません」

一花は寺や仏像にあまり詳しくない。高校の修学旅行で京都を訪れたときを除き、普段は正月くらいしか境内に足を踏み入れないのだ。

何もない平日にお参りをしている紘也は、寺社仏閣巡りが趣味なのだろうか。

「あ、そういえば巣鴨には前に一度来ましたね。私が拓海さんと初めて会ったとき」

数か月前の出来事が胸に蘇り、一花は少し顔を綻ばせた。

あのときはこのあたりにまで足を延ばすことがなかった。今となってはいい思い出である。

拓海のことを思い浮かべたら、脳の奥にあった別の記憶が引っ張り出されてきた。少し前に渡された……もとい、半ば押し付けられた、例の交換日記だ。

あの立派なノートは、一花が暮らす離れに置きっぱなしになっている。中身に関しては、正直なところ全く読んでいない。

このまま持っていていいのだろうか……。

「リヒトさん。拓海さんとの交換日記、どうしたらいいと思います？」

思い余って尋ねてしまった。リヒトは「は？」と露骨に顔を顰める。

「何でそれを僕に聞くのさ。拓海と一花の問題だろう」

「拓海さんはリヒトさんのお義兄《にい》さんじゃないですか。この際、義弟《おとうと》さんの判断を仰いでみようかなって」

「僕と拓海は赤の他人みたいなものだよ。どうするかは一花が決めることだ。交換日記をしたいなら……そうすればいいじゃないか」

「そんなに冷たいこと言わないで、一緒に考えてくださいよ〜」

「嫌だよ。っていうか、拓海の話、今は関係ないよね」

リヒトは眉根を寄せてムッと顔を顰めた。もともと義兄や東雲家に関わる話を出すと不機嫌になるのだが、最近は特にひどい。

（拓海さんのこと、そんなに嫌いなのかな）

探偵に気分を損ねられると困るので、一花は口を噤んでターゲットの監視に徹した。

紘也は仏像の顔のあたりを丹念に拭ったあと、じっと手を合わせていた。その姿は真剣で、なおかつとても必死に見えた。

4

日が沈むまでタワーマンションの前を見張っていたが、巣鴨から帰宅したあと、紘也が外に出てくることはなかった。

一花とリヒトは松濤の家に引き上げ、待機していた林蔵と沙奈絵に一連のことを余さず伝えた。

沙奈絵は「やっぱり家事ができていませんでしたか……」と溜息を吐いた。

林蔵は「お疲れさまでございました」と頭を下げてくれた。結局婚約破棄の理由は聞き出せず、特に成果らしい成果は上げられなかったので、一花の方が逆に恐縮してしまう。

リヒトが調査の継続を告げると、沙奈絵は「よろしくお願いします」と何度も言って自宅へ帰っていった。今日のところはこれで一段落だ。

広いリビングで、リヒトがソファーにゆったり腰かけている。林蔵は美麗な主に一礼してから口を開いた。

「リヒトさまがご不在の間に、拓海さまがお見えになりました」

「は？　拓海？　何をしにきたの？」

整った顔が、急激に歪んだ。

「まず、リヒトさまはお元気かとお尋ねになりました。ご不在を告げると、また来ると仰っておりました」

「たいした用事じゃなさそうだね。下らない」

吐き捨てるように言ったリヒトに向かって、執事は首を横に振った。

「拓海さまの用件は、それだけではございません。東雲コンツェルンの内部抗争が激化しているとのことで、対策を話し合いたいと……」

「またその話？」

貴公子は声を荒らげて金色の髪に手を当てた。イライラしているのが一花にも否応なく伝わってくる。

東雲コンツェルンの揉め事に関して、拓海は今まで幾度となくリヒトと話し合いの場を設けようとした。だが、未だに上手くいったためしはない。

林蔵は慎重に言葉を選びながら続けた。

「拓海さまは、リヒトさまが争いに巻き込まれるのではないかと大変案じておられました。そうならないために、事前によく話し合っておこうと……」

「断る。拓海と話す気なんてない」

林蔵の声を遮って、リヒトは大きく頭《かぶり》を振る。

普段ならここで話が終わっていた。だが今回、執事はもう一歩踏み込んできた。

「拓海さまのお気持ちは、おそらく辰之助さまのご意思でもあります。お二人とも、リヒトさまのことを心配なさっているのです。東雲コンツェルンの揉め事は、今やこの林蔵の老いた耳にも届くようになりました。僭越ながら、そろそろ拓海さまと話し合われてみてもよいのではないかと」

「僕のことを心配してるなんて嘘だね。父――いや、東雲辰之助は、僕を認知しただけだ。実際はこの家に押し込めてる。話し合うと見せかけて、東雲家の人間は僕を都合よく支配下に置きたいだけだよ。その手には乗らない」

「リヒトさま」

穏やかに、だがはっきりと、林蔵は主の名を呼んだ。丸眼鏡の奥の瞳は、痛いほどまっすぐだ。

執事のただならぬ雰囲気に押されたのか、リヒトは口を噤んだ。

「お気持ちはお察しします。確かに、初めにリヒトさまを突き放したのは東雲家の側でございます。……しかし、時とともに事情が変わることもありましょう。少なくとも、拓海さまはお仕事の合間を縫って何度もここに足を運んでくださいます。リヒトさまに歩み寄ろうとしている……そこに嘘はないと思うのです。リヒトさま。この林蔵を信用していただけるなら、ぜひ拓海さまと話し合いを」

そこまで言うと、執事は深々と頭を下げた。

「東雲家の言い分をすべて受け入れろということではありません。むしろ話を聞いてみて、ご納得できなければその旨をお伝えすべきです。わだかまりを心に留めたままでいるのは、リヒトさまにとってもいいことではありません。これを機に、今までのお気持ちをすべて話されてみてはいかがでしょう」

林蔵は、リヒトに対する東雲家の仕打ちを許せと言っているわけではない。それを含めて話し合えと主張しているのだ。

一花は夢中で頷いた。

「リヒトさん。私も林蔵さんに同意します。ちゃんと話し合ってみたらどうですか？　一度だけでも」

「……林蔵も、一花も、そんなに前のめりにならないでよ」

リヒトは肩を落としたままそう呟くと、ふっと表情を緩めて二人の使用人を代わる代わる見つめた。

「分かった。話し合うかどうか、少し検討してみる」

一花は知らぬ間に握り締めていた拳をほどき、安堵した。あれだけ頑なだったリヒトが、少し柔らかくなった気がする。今はそれで十分だ。

あたりの空気が和やかになると、それまで隅に追いやられていたもの……生きるのに一番大事な『あの感覚』が戻ってきた。

「リヒトさん、林蔵さん、そろそろお腹空きませんか？　夕飯にしましょう！」

気が付けば、すでに夜の七時を回っている。今日は紘也を見張りながらテイクアウトのサンドイッチで昼食を済ませたので、身体が栄養を求めている。

リヒトが頷いたのを見て、一花はすぐさまキッチンに駆け込んだ。

ちょうど夕飯時だ。じっくり調理している余裕はない。だが、しっかり食べたい……こんなときは、便利な道具を使うに限る。

まず、いざというときのために冷凍しておいたご飯を電子レンジで温めた。続けて、冷蔵庫から豚肉と牛肉の塊、卵に玉ねぎ、パン粉を取り出す。

これから、ハンバーグを作るつもりだった。

普段の一花なら、ブロック肉を包丁で叩いて挽き肉を作るところから始める。すでに挽いてある肉を使うより、こうした方が風味豊かで美味しいのだ。さらに玉ねぎをみじん切りにして、材料を手でこねて……やることは意外とたくさんある。

今回は、これらの作業を、文明の利器――フードプロセッサーに任せることにした。

一花の実家ではハンバーグを作る際、基本的な材料の他に『おから』を入れる。格安のおからを使えば、その分肉を少なめにできる。おからはたんぱく質が豊富で、栄養価もバッチリ。優秀な節約メニューだ。

もちろん、松濤の家で出すのはいい肉をふんだんに使ったハンバーグである。一花は初めにざっくり切り分けた塊の肉をフードプロセッサーに入れ、挽き肉にした。

手でやるとかなり時間がかかるが、ここまでものの三十秒。続けて荒くカットした玉ねぎや卵、パン粉を投入してハンバーグのタネを作る。

スタートから一分少々でフライパンが登場した。成形したタネを焼いている間にハンバーグのソースを作り、プチトマトと千切ったレタスを用意しておく。

騒音や機械のメンテナンスの手間を天秤にかけて、ハンバーグを作るときはたいてい手作業だが、時間がないときはフードプロセッサーが本当に役に立つ。

便利なマシンのお陰で、あとは盛り付けるだけだ。一花はそこで「うーん」と腰に手を当てた。肉はいいが、野菜が少し足りない。

（あ、そうだ。『あれ』も一緒に出そう！）

冷蔵庫から取り出したものを一品加えて、メニューは揃った。リヒトと林蔵は、すでにダイニングテーブルについている。

「お待たせしましたー！」

一花が食卓に皿を置くと、林蔵が丸眼鏡を押し上げながら「ほう」と顔を綻ばせた。

「和風のハンバーグですな、一花さん。短時間でこんなに素晴らしいおかずができるとは、さすがですぞ」

「ありがとうございます！　かかっているソースは、醤油と出汁がベースです。大根おろしがちょっと入ってます」

三人分の皿が揃ったところで、一花も席についた。みんなで「いただきます」と手を合わせる。

「あ、僕、これ好きだ」

メインのおかずを口にしたリヒトは、パッと顔を輝かせた。

あっさりした醤油ベースのソースがお気に召したようだ。皿の上のハンバーグが、あっという間に半分ほどの大きさになる。

家政婦冥利に尽きる瞬間だった。一花がテーブルの下でこっそりガッツポーズを取っていると、貴公子の手が、今度は付け合わせの野菜に伸びる。

「あれ？　これ、ただの漬物だと思ってたのに――すごく美味しい！」

今リヒトが口にしたのは、レタスとプチトマトだけでは足りないと思って添えたもの。正体は、大根の漬物である。

青く透き通った瞳が、一見何の変哲もない漬物をじーっと見つめていた。主につられたのか、林蔵も同じものを一口食べて、「これは！」と驚愕の声を発する。

「しっとりと味が染みていますな。数日前から仕込んでおいたのですかな？」

「いいえ。漬けたのは今日の朝です」

一花が答えると、貴公子と執事は揃って目を丸くした。

「漬物って、そんなに早くできるの？」

「じっくり漬け込んだぬか漬けのような味わいですぞ！」

驚きつつも、二人の手は止まらない。和やかなディナータイムが過ぎ、気付けば皿の上がすっかり綺麗になっていた。

三人揃って「ごちそうさま」と唱えたら、食後のティータイムに突入である。

「一花がお茶を淹れてくれている間に、林蔵からとげぬき地蔵のご利益について話を聞いたよ」

紅茶のカップを差し出すと、リヒトが言った。一花は向かい側に座り、隣にいた林蔵を見上げる。

「へぇー、あれ、どんなご利益があるんですか？」

「病気の平癒や健康長寿ですな。とげぬき地蔵というのは、高岩寺のご本尊の延命地蔵菩薩さまです。このお地蔵さまは秘仏……つまり非公開になっておりまして、代わりに御影というお札をいただき、これに自分や身内の健康を祈願するのですよ」

林蔵はまさにお地蔵さまのような微笑みをたたえて教えてくれた。

境内にあった仏像は、お地蔵さまではなく観音像。『洗い観音』と呼ばれ、とげぬき地蔵と同じように健康に関するご利益がある。

平日にも拘わらず、高岩寺の境内は賑わっていた。みんなお地蔵さまや観音さまの導きを求めてやってきたのだろう。一花も、健康はお金に勝る宝だと思っている。

「洗い観音さまに水をかけ、自分の身体の悪いところと同じ部分を拭って清めると、病が平癒すると言われているようですぞ」

「林蔵さん、お寺にも詳しいんですね。さすがは一流の執事さんです。博識！」

尊敬の念を込めて言うと、林蔵ははにかんだように笑った。

「いえいえ、とんでもない。一花さんの料理の腕にはかないません。今日も……特に漬物が絶品でございました。あれはどのように漬けたのですかな？」

すると、リヒトも興味深そうに目を輝かせた。

「あ、それは僕も気になる。何度か一花が手作りした漬物を食べたけど、いつもと違う気がしたんだ」

「特に作り方を変えたわけじゃないですよ。でも一つだけ、違うものを加えました。ちょっと待っててくださいね」

一花は断りを入れてから席を立ち、キッチンスペースに寄ってすぐ戻った。持ってきたもの……ラベルの付いていないペットボトルをテーブルの上にそっと置く。

「一花、これ何？」

「さっき出した漬物に加えたものです。リヒトさん、蓋を開けて耳を澄ませてみてください」

「耳を、澄ます……？」

一花の言葉に素直に従い、リヒトはペットボトルの口に耳を寄せた。しばらくしてハッと顔を上げる。

「シュワシュワ音がする。これはもしかして……炭酸、かな」

「その通りです！　今回は炭酸水を使って漬物を作ってみました」

漬物を漬けるとき何を加えるかは家庭や個人の好みによるが、一花は基本的に塩、砂糖、酢、酒を使う。

酒の代わりに炭酸水を入れると、炭酸ガスの作用で味の染み込みが格段に速くなる。

用いる炭酸水は無糖のものがおすすめだ。甘みのあるものを使うなら、漬け込むときに砂糖を減らせばいい。

普通に漬けるなら一晩くらい寝かせておきたいところだが、炭酸水なら一時間も置いておけば十分。朝から半日漬けておくと、より味わい深くなる。

今回使った炭酸水は、昼食のときなどに出していた無糖のもの。開封してしばらく経っているのでだいぶ気が抜けていて泡も少ないが、まだシュワシュワと微かな音がするので、耳を澄ませば正体はたちどころに判明する。

「炭酸水だけであれほど味が変わるとは。驚きですな。さすがは一花さんです」

林蔵に手放しで褒められて、一花は照れ笑いした。

「チョイ足しするだけで時間短縮になりますし、一石二鳥です」

「炭酸水か……」

リヒトは感慨深げに呟いて、もう一度ペットボトルに耳を近づけた。青く澄んだ瞳がキラリと輝いたのは、その直後だ。

「健康祈願……耳を澄ます、音……。そうか。二人とも、分かった！」

飛び出した台詞に、林蔵が素早く反応した。

「リヒトさま。もしや、紘也さまの婚約破棄の理由が判明したのですか」

「うん。一花が大根に炭酸水を加えてくれたお陰で――謎が解けたよ」

貴公子探偵はそう言って、何の変哲もないペットボトルを片手にエレガントな笑みを浮かべた。

5

「紘也さんは、耳が聞こえにくくなっているんだ。僕たちが対面したとき、彼はずっと耳にイヤホンを入れていたけど、あれは集音器か補聴器だよ。そういうものを使わないと、日常生活がままならないんだと思う」

一花の出した漬物が、貴公子探偵に天啓を授けた。

気の抜けた炭酸が放つほんの微かな音を聞き取ろうと耳を澄ました瞬間、真相が見えてきたという。

紘也の耳が聞こえ辛いという貴公子探偵の閃きを、補強する出来事があった。

六本木のタワーマンションを訪ねたとき、紘也はリヒトに言われてイヤホンを外した。そのあと微妙にズレた受け答えをしていたのは、質問内容が聞き取れなかったからだ。さらに、怒鳴るように話していたのも腑に落ちる。耳が聞こえ辛いと自分の声も認識できず、自然と大声になってしまう。

おそらく突発性難聴じゃないかな——リヒトは紘也の症状について、そんな仮説を立てた。

何らかの理由で突然音が聞こえにくくなる病だ。少し前から沙奈絵との会話が減ったのも、イヤホンを外さなくなったのも、すべてはこの突発性難聴のせい。もはや紘也は、人と話ができるような状態ではないと推測できる。

ゆうべのうちに以上の推理を披露したリヒトは、本人に会って真実を確かめると言い出した。明けて今日、一花たちは林蔵が運転する車で紘也のもとへ向かっている。

行き先は例のタワーマンションではない。港区内にあるホールだ。

本日、そこでとある音楽のイベントが行われる。紘也はその総合プロデューサーを務めており、メインプログラムの前に設けられたトークショーに出演することになっていた。

登壇を終えて出てきたところを捕まえれば逃げられない……というのが探偵の目論見である。

「紘也さんの耳、そんなに悪いんでしょうか」

助手席の一花は、後ろにいるリヒトを振り返って尋ねた。

「機械がなければ自分の声すら聞こえてなかったみたいだから、結構深刻だと思うよ」

「病院には行ってるんですよね？　治りますか？」

「さあ。僕は医者じゃないから詳しくは知らないよ。……ただ、突発性難聴は原因が分からないことが多くて、症状も人それぞれ。治るかどうかも定かじゃないって言われてる。紘也さんもそれを知ってたはずだ。だからお参りに行ったんじゃないかな」

病を抱えた紘也が縋ったのは、お地蔵さまや観音さまだった。おそらく高岩寺を訪れたとき、洗い観音の耳のあたりを拭っていたのだろう。

必死に手を合わせていた姿を思い出し、一花の胸がズキッと痛む。紘也は音楽プロデューサーだ。耳が悪くなったら、仕事を続けていけるのだろうか……。

「今後、紘也さまはどうなされるおつもりなのでしょう。音楽に携わることは難しいように思われます」

林蔵がハンドルを握りながら不安そうな声で言った。

「仕事については、本人も続けられないと覚悟してるだろうね。だからこそ、沙奈絵さんとの結婚を急にやめるって言い出したんだ。このまま耳が治らなければ紘也さんは失職する。そんな状態で結婚したら、沙奈絵さんに迷惑がかかると思ったんじゃないかな」

ゆったりした後部座席で、貴公子の溜息が漏れた。リヒトも紘也のことを心配しているのがよく分かる。

沙奈絵はとても優しい女性だ。もし紘也が自分の病を正直に告白すれば、全力で支えようとするだろう。たとえ、どんなに苦労することになっても。

それが分かっていたからこそ、紘也はあえて突き放したのだ。沙奈絵のことがまだ好きなのに、わざと冷たい態度を取った。自分のせいで、大事な人の人生を台無しにしたくないと思ったから……。

「あの建物だ。裏手に駐車場があるはずだよ。林蔵、車を停めて」

「かしこまりました」

やがて車は目的地に到着し、探偵の指示通り静かに停止した。

今まで数多くのセレブが持ち込んだ謎を華麗に解いてきたリヒトは、各方面にコネがある。そういうものを大いに利用して、紘也が出演するイベントのスタッフ用入館証を三人分手配してあった。

一花たちは腕章型のそれを身に着けて、駐車場から一番近い入り口を通り抜けた。目指すはイベントが行われている三番ホールだ。

『続きまして、総合プロデューサーの霧ヶ瀬紘也が登壇します――』

三番のプレートが付いた重いドアを林蔵が開けた瞬間、女性のそんな声が聞こえてきた。ホールの広さは学校の体育館ほど。一番奥にステージが設けられていて、下手側にいる女性司会者がマイクを握っている。

八割ほど埋まった客室から拍手が沸き上がった。その音に引き寄せられるように上手の袖から現れたのは、スウェット姿の紘也だ。

「……補聴器をつけてるね」

リヒトが一花に耳打ちした。

紘也は昨日と同じ赤いニットキャップを被っているが、半分隠れた耳には確かにイヤホンらしきものが突っ込んである。

『こんにちは。霧ヶ瀬です』

トークショーが始まった。女性の司会者が質問を投げかけ、紘也がそれに答えるという形式だ。

補聴器のお陰か、紘也の受け答えにちぐはぐな点はなかった。言われなければ、耳が聞こえにくいことなど誰も気付かないだろう。

司会者の絶妙な進行もあって、トークショーは滞りなく進んだ。すべてを終えた紘也が軽くお辞儀をすると、再び客席から拍手が起こる。

「あっ、何か落としましたよ」

一花はステージの方を指さして叫んだ。

お辞儀をして再び顔を上げた瞬間、紘也の両耳から小さなものがポロリと落ちたのだ。しかも本人はそれに気付かず、足を一歩前に……。

「補聴器、壊れたと思う」

リヒトが苦々しい口調で呟いた。

舞台の上では紘也が慌ててしゃがみ、床に落ちた何か……自分で踏んづけてしまったイヤホン型の機械を回収している。耳に戻さなかったところを見ると、貴公子の指摘は当たっているようだ。

「紘也さまが舞台袖に引っ込みますぞ」

林蔵がピクッと肩を震わせた。

「どこかへ行かないうちに捕まえよう！」

リヒトの声を号令に、一花たちは三番ホールを飛び出した。ホールの周りをぐるりと囲んでいる廊下を、猛然とダッシュする。

ほどなくして『この先、関係者以外立ち入り禁止』と書かれた看板に行く手を塞がれた。

ここで役に立ったのがスタッフ用の腕章だ。付近にいた警備員にそれを見せつけながら看板の横をすり抜け、先へ進む。

廊下の果てに鉄の扉があった。そこでゴール……かと思いきや、開けた先には細くて長い通路がまだ延びている。

(どこまで走ればいいの……？)

通路の側面の壁には『控室』というプレートが付いたドアが並んでいた。貴公子探偵が足を止めない以上、とにかく走るしかない。

「はぁ……リヒトさん、速すぎ……」

一花の息が切れる寸前、四方が板張りの広い部屋に辿り着いた。

天井は鉄骨がむき出しで、ところどころに簡素な電灯がくくり付けられている。どうやら舞台袖にある空間のようだ。

一花たちと同じ腕章をつけたスタッフが数人うろうろしていた。あちこちに木材や機材などが積まれ、少し雑多な雰囲気だ。

その空間の真ん中に、紘也が佇んでいた。手の中にある小さなものを見つめて、肩を落としている。

十メートルほど離れた場所にいる一花にも、小さな機械が取り返しのつかないことになっているのが見て取れた。

「――おい、天井が崩れるぞ！」

突然誰かの絶叫が響き渡り、一花はハッと顔を上げた。

ちょうど紘也の立っている真上。剝き出しになった鉄骨がぐらぐら揺れている。鉄と鉄の触れ合う不気味な音も聞こえてきた。

「危ない！」

「おい、逃げろ！」

みんなが口々に叫んだ。

しかし、俯きがちな紘也はそれに全く気付く様子がない。天井が軋む音も、警告の声も、補聴器のない耳には届かないのだ。

「紘也さん、危ないです、逃げて！」

聞こえないと分かっていても、一花は叫ばずにいられなかった。

剝き出しになった数本の鉄骨が、今にも外れて落ちてきそうだ。このままあの場所にいたら、紘也は下敷きになってしまう。

大惨事は時間の問題と思われた。声が届かないのなら、本人の身体を引きずってその場から離すしかない。

一花は十メートル先の紘也に駆け寄ろうとした。すぐ横で、林蔵も身構えたのが分かった。

だが、一番早く動いたのはリヒトだった。

「えぇっ、リヒトさん?!　駄目です、危ないですよ！」

「リヒトさま、いけません、お戻りください！」

使用人二人の絶叫がこだまする。

貴公子探偵は制止を振りきって金色の髪をなびかせ、弾丸のように十メートルの距離を駆け抜けた。そこにいた紘也の腕を掴み、ぐいぐいと引っ張る。

紘也は突然現れたリヒトを見て硬直してしまった。可憐な美少年一人では身体を引きずることができず、二人はその場から動かない。

タイムオーバー。

形容しがたい崩壊の音とともに、上から大きな塊がいくつも降ってきた。真下にいたリヒトと紘也は、それらに容赦なく巻き込まれ……。

「リヒトさん！」

「リヒトさま！」

ついさっきまで傍にいたはずの貴公子が、どこにもいない。紘也の姿も見えなかった。そこにあるのは、バラバラになった木材と曲がった鉄骨だけだ。

「リヒトさん！　リヒトさん!!」

一花は舞い上がった大量の埃を必死にかき分けながら、ただただ絶叫した。込み上げてくる涙を拭いもせずに。

6

天井が崩れた原因は、点検の不備だった。

鉄骨を組んでいたネジが経年劣化でいくつか緩んでおり、メンテナンス業者がそれを見落としていたのだ。

「やれやれ、とんだ災難だったよ」

……と苦笑しているのは、貴公子探偵である。

整った顔に小さな絆創膏がぺたりと貼られているだけで、他に怪我らしい怪我はない。

こんなにも軽口を叩けるのは、鉄骨や木材と一緒に降ってきた断熱材のお陰だ。柔らかい素材がクッションになり、最悪の事態は免れた。

いっぽう、紘也は足首に鉄骨が当たってしまい、病院に担ぎ込まれることとなった。骨にヒビが入っているらしい。

リヒトは、鉄骨が落ちてくる寸前、硬直していた紘也を突き飛ばしたそうだ。そうしなければ、もっとひどい事態になっていただろう。

瓦礫を押し退け、紘也を病院に運び、関係者に崩落の様子を説明し……数時間で事態はめまぐるしく動いた。

今、紘也は病院から自宅である六本木のタワーマンションに戻っている。検査をしてみたが足以外は問題なく、リヒトと一花と林蔵で送り届けたところだ。

相変わらず室内は少し散らかっている。そこに、チャイムの音が響いた。

「沙奈絵さんがいらっしゃいました――お通ししても？」

対応した林蔵が振り返る。他家の執事に尋ねられた紘也は、きまりの悪そうな顔つきになった。

「駄目って言っても、通すんだろう」

確かに、林蔵からは有無を言わせぬオーラが漂っている。

執事の手でロックが解除され、ほどなくして沙奈絵が息せき切って部屋に飛び込んできた。一花たちには目もくれず、ソファーに腰かけている紘也の方へ転がるようにして駆け寄る。

「紘也さん！　事故に巻き込まれたって……大丈夫なんですか?!」

少し前、リヒトと林蔵が一連のことを沙奈絵に電話で伝えた。連絡を受けてすぐ駆けつけたのだろう。肩ではぁはぁと息をしている。

紘也はそんな沙奈絵をしばらく見つめていたが、やがてわざとらしくそっぽを向いた。

「大丈夫だよ。足の骨にちょっとヒビが入ったくらいで、日常生活に支障はない」

「足は平気でも……耳が大丈夫じゃないです。紘也さん、いつから音や声が聞こえなくなったんですか！」

紘也はハッと顔をこわばらせ、そっと両耳に触れた。

そこには最新式の補聴器がついている。もともと使っていたものが壊れたので、足を診てもらったついでに病院からレンタルしたのだ。

「……紘也さん。急にプロポーズを取りやめたのは、耳のせいなんですね」

天井の崩落について伝えた際、リヒトは自分の推理も一緒に話した。だから沙奈絵は、紘也の耳のことをすでに知っている。

問われた紘也は、少し逡巡してから頷いた。

「そうだ。……もう完全にバレたから、言うよ。二か月前から耳が聞こえ辛くなって、今では機械の力を借りないと外も歩けない。医者に診てもらったら、突発性難聴だと言われた。治療はしてるが、なかなかよくならない」

「どうして、そんな大事なことをわたしに黙ってたんですか」

「沙奈絵に余計な心配をかけると思ったからだよ。耳が完全に聞こえなくなったら、俺は今の仕事ができなくなる。……実はそれを見越して、このマンションを手放すつもりでいたんだ。家政婦を頼む余裕もなくなるから、沙奈絵を辞めさせたあとは誰も雇わなかった。こういう状態で結婚しても、生活が立ち行かなくなるのは目に見えてるだろ」

「そんなことありません。紘也さんが働けなくなっても、わたしが……」

「それじゃ駄目なんだよ！」

紘也は声を荒らげた。補聴器に手を当てて苦しそうに顔を歪める。

「沙奈絵は今まで、人一倍頑張って生きてきた。俺はそれを知ってる。結婚したら、ゆったり過ごしてほしかったんだ。俺はそのためなら何だってする。たくさん稼いで、沙奈絵を幸せにするつもりだった。だけど……耳が聞こえなくなって仕事ができなくなったら、そうはいかないだろ？　俺がもし働けなくなっても、沙奈絵はきっと俺を見捨てたりしないと思った。優しいから。だから……」

小さくなって消えた言葉の続きを、沙奈絵が口にした。

「わざと冷たい態度を取って、わたしを遠ざけようとしたんですね」

少し散らかった部屋に、沈黙が訪れる。しばらく俯いていた紘也は、やがて居住まいを正して沙奈絵に真剣な顔を向けた。

「改めて言う。沙奈絵、悪いが俺との結婚の話は、なかったことに……」

「嫌です！」

沙奈絵は目に涙を溜めて、激しく頭《かぶり》を振った。そのまま紘也の腕に縋りつく。

「わたし、紘也さんとずっと一緒にいたい」

「でも……俺は音楽の仕事から離れたら、ただの無職だぞ」

「そんなことはどうでもいいんです！　わたしは、紘也さんが売れっ子の音楽プロデューサーだから好きになったんじゃない。紘也さんだって、わたしに『立場なんて関係ない』って言ってくれたじゃないですか。それと同じことです」

「沙奈絵……」

紘也は震える手を縋りついている沙奈絵の肩にそっと乗せ……やがて力強く抱き寄せた。

「俺が贈った婚約指輪、まだつけてくれてたんだな」

「はい。売ったり処分したりするの、嫌だったから……」

「――沙奈絵。やっぱりプロポーズは撤回しない。俺と結婚してくれ」

「えっ！」

　パチパチと瞬きをする沙奈絵を、紘也はさらに抱きしめる。

「こうやって沙奈絵の顔を見たら、俺ももう離れたくないと思った。年が明けたら、婚姻届を出そう。その前に知り合いを集めて、沙奈絵のことを正式に紹介したい。『この人が俺の奥さんだ』って」

「奥さん……わたしが？」

「そうだよ。沙奈絵以外に誰がいるんだ。俺が選んだ人をみんなに見てもらいたい。婚姻届には証人の署名が必要だし、その場で書いてもらおう。……いいか？」

「は、はい！」

　漂う甘いムードに、一花は頬が緩むのを抑えられなかった。

（あ、林蔵さん、泣いてる）

　すぐ横で、林蔵が真っ白なハンカチを己の目に押し当てている。リヒトは抱擁する二人を、軽く腕組みをして眺めていた。

　しばらくして、沙奈絵がゆっくりと振り返った。

「あ、あの。でしたら婚姻届のことで、一つだけお願いがあります。……林蔵さん。よかったら——林蔵さんも、証人の欄にお名前を書いてくださいませんか？」

「なんと、そんな大役をこの私に?!　いいのですかな。一生に一度のことですぞ」

林蔵は涙をきゅっと引っ込めて直立不動になった。いつも穏やかな執事が、珍しく少しあたふたしている。

「林蔵さんは、わたしのお父さんのような人です。林蔵さんだからこそ、お願いしたいんです！」

微笑んだ沙奈絵の顔は、今までで一番輝いていた。一度は引っ込んだはずの涙が、再び執事の瞳に溢れてくる。

一花がもらい泣きしそうになっていると、横からリヒトに小突かれた。

「ここからは、カップルと……親子の時間だよ。僕たちは遠慮しよう、一花」

「そうですね」

タワーマンションの上階は、大きな窓があってとても明るい。

差し込む光の中で泣き笑いする三人を残して、一花とリヒトは静かにその場をあとにした。

「突発性難聴の原因はよく分かってないけど、ストレスを取り除くと治ることがあるらしいね。僕にちょっと伝手があるから、紘也さんにはいい医者を紹介しとくよ」

タワーマンションには中庭があって、心地よい風が僅かに吹いてくる。リヒトはサラサラとなびく金色の髪を押さえながらエンジェルスマイルを浮かべた。

「お医者さまに顔が利くなんて、さすがリヒトさん！　紘也さんの傍には沙奈絵さんがいるし、きっといい方向にいきますよね」

居心地のいい場所で、一花はうーんと背伸びをした。

「僕としては、林蔵が元気を取り戻してくれたのが何よりだよ」

「林蔵さん、すごく嬉しそうでした。沙奈絵さんたちはご結婚かぁ。いいなぁ……。私も結婚するときは林蔵さんにお父さん代わりになってもらって、一緒にバージンロードを歩こうかなぁ」

などと呟いた途端、貴公子の顔色が変わった。浮かんでいたはずの微笑はかき消え、どことなく険しいムードが漂い始める。

一花は戸惑って「え、私、何か変なこと言いました？」と聞き返してしまった。

「ねぇ。一花が結婚する相手って、もしかして――拓海？」

「は？　そこで何で拓海さんが出てくるんですか」

「だって……拓海と……交換日記とか……」

「あぁー、あれですか」

しどろもどろなリヒトの言葉を聞いて、一花は件のノートの存在を思い出した。

あれならまだ松濤の家の離れにある……はずだ。最後に見たのは数日前。相変わらず、中身は一切読んでいない。

しかし、リヒトの中ではなぜか話がだいぶ進んでいるらしい。

拓海と結婚なんてあまりにも荒唐無稽すぎて、一花は笑いが堪えきれなくなった。ぷっと噴き出すと、貴公子の鋭い視線が突き刺さる。

「随分楽しそうだね、一花。さっきも拓海と電話してたよね？」

「あー、はいはい。確かに連絡もらいました」

紘也が病院で足首の検査をしている最中のことだ。

天井崩落事故の件が耳に入ったらしく、拓海が大慌てで電話をかけてきた。開口一番に飛び出したのは「リヒトは無事なのか?!」という台詞である。

「天井の崩落の原因は点検の不備でしょう？　だから、施設側から医療費の補償の話が出ているんですけど、紘也さんの分も含めて弁護士の拓海さんが交渉窓口になってくれるそうです。そういう連絡を受けました」

「……それだけ？」

「拓海さん、リヒトさんのことすごく心配してましたよ。自分で電話してみたらどうですか？」

「嫌だね。何で僕がそんなことしなきゃいけないのさ」

「リヒトさん。拓海さんだけじゃなく、私もすごく心配しました。あんまり無茶しないでくださいね。瓦礫の下敷きになったとき、どうなることかと思いましたよ！」

言った傍からさっきの光景を思い出し、一花の胸が押し潰されそうになる。

生きた心地がしなかった。もう駄目かと思った。もしリヒトがあのまま命を落としていたら……。

「やれやれ、一花は大袈裟だね」

しかし、返ってきたのは軽い一言。深刻な面持ちの一花に対し、リヒトが浮かべているのはごく呑気な表情だ。

「僕は大丈夫だよ。かすり傷程度で済んだじゃないか」

「それはただの結果論です！　リヒトさんがどうにかなるより、私が怪我した方がまだマシです。これ以上心配させないでください。林蔵さんや——拓海さんだって、きっとリヒトさんのこと……」

「ああ、煩いな！　もう黙っててくれる？」

険しい声が中庭に響いた。リヒトは金髪をかきむしるようにしてあからさまに苛立っている。

「拓海は今回、何もしてないじゃないか。心配してるなんて言っても、所詮は口先だけだよ。それに謎はちゃんと解けたんだし、もういいだろう？」

「そんな！　全然よくないです。この先、二度と無謀なことはしないでください」

「指図するような言い方、やめてくれるかな。一花はいちいち心配しなくてもいいよ。僕なら一人で上手くやれる」

貴公子の眼差しが、見たこともないほど鋭かった。一瞬怯んでしまった一花は、口ごもりながら首を左右に振る。

「そんな、余計なお世話みたいな言い方……私は、私はただ——」

「聞きたくないって言ってるだろう。これ以上口を挟むなら、クビだよ！」

「リヒトさん……」

一花はただ、リヒトの無事を願っていただけだ。

崩落に巻き込まれたときの絶望感を、二度と味わいたくなかった。あんなのはもう、耐えられない。

なのに、リヒトは突き放すような口調で言う。

「僕のことは気にしなくていいから。反論すれば、解雇だ」

「気にするなって言われても……無理です」

「なら本当に、クビにするよ」

クビ、解雇。最も恐れていた言葉がのしかかる。

働き口を失ってしまうことではなく、別のことが悲しかった。こんなに心配しているのに、その気持ちが何一つリヒトに届いていない……。

「分かりました。クビですね。私、松濤の家に戻って荷物をまとめます」

しばらく待っても、貴公子探偵は険しい表情を緩めなかった。

「——さようなら、リヒトさん」

最後にそう告げて、一花は踵を返した。別れの挨拶は、すっかり冷たくなった秋の空気に虚しく溶けていった。

チョイ足し四品目　心がホッ！　ホットミルク-inきなこ棒

1

十二月の凍てつく空気が、肌に突き刺さる。

一花は手にハーッと息を吹きかけてから、エプロンのポケットにしまっていた剪定鋏を取り出して、目の前で咲いている椿の花をそっと切った。

完全に開花しているものとまだ蕾のもの、数本を束にして目の高さまで持ち上げる。

「よし、これでいいよね！」

わざとらしく明るい声で独りごちた。

無理にでも笑顔を作らなければ、どん底まで沈んでしまいそうだった。一花の心をせわしなくつつくのは、すっかり冷たくなった冬の空気だけではなく……。

「一花さん、椿の花、切ってくれたかしら」

声をかけられて、心に浮かびかけていた『誰か』の姿がふっと消えた。一花は慌てて振り向き、手にしていた花を掲げて見せる。

「はい！　こんな感じで大丈夫ですか？　喜和子《きわこ》さん」

「ええ。今年はどのお花もよく咲いてくれて嬉しいわ。さ、家に入りましょう。身体が冷えきってしまう前に」

そう言って微笑む老婦人の手には、黄色い石蕗《ツワブキ》の花が握られている。

あたりには他にも色とりどりの花が咲いていた。畳三十枚分ほどのこの場所は、個人の邸宅に連なる庭だ。花園の奥には、クリーム色の土壁がかわいらしい洋館が見えている。

石蕗の花を携えている老婦人・上九条《かみくじょう》喜和子は、この家の主。そして、一花の新しい雇用主でもある。

リヒトにクビと言われた一花は、いったん実家に戻り、すぐに他の派遣先を探し始めた。

家政婦として登録している『日だまりハウスサービス』はそこそこ大手で、幸いにも一週間後にはいい条件と巡り合えた。

住み込みで働きたいという一花を受け入れてくれたのが、成城《せいじょう》にあるこの家だ。

上九条家は江戸時代から船問屋を営んでおり、それを日本有数の商船会社にまで発展させている。

現在八十歳になる喜和子は、先代の社長の妻。夫亡きあとは会社を継いだ息子としばらく同居していたが、その息子が結婚してアメリカに拠点を移したので、以降はこの家で一人暮らしだ。

金銭的な不自由は一切なく、家事を自分でこなしながら趣味のガーデニングに精を出す

……そんな悠々自適の生活を送っていた喜和子だが、ここ最近は少々の腰痛と物忘れに悩

まされ、傍で世話をしてくれる家政婦を探していたのだという。

「一花さんは働き者で助かるわ。わたし、最近は身体にガタがきているし、ものをどこに置いたかすぐに忘れちゃうの。どうかここで長く働いてちょうだいね」

暖かなリビングで一花が切ってきた花を活けていると、ソファーに座っていた喜和子がしみじみと言った。

「一生懸命お手伝いします。私の方こそよろしくお願いします」

手を動かしながら、ぺこっと頭を下げる。

松濤の家では家政婦（仮）だったが、今回は初めから本採用となった。生活の場として洋館の中の一室をあてがわれており、主の喜和子と同じ広いバスルームを毎日使っていいことになっている。

喜和子はお金持ちの奥さまだが、身に着けているものは質素で気取ったところがない。ふんわりとした白髪のボブヘアと柔らかな笑顔は、眺めているだけで心が和む。前の派遣先をやめてすぐ、こんなにいい条件が見つかったのはラッキーだ。そう、ラッキーなんだ……。

一花は心の中で、自分にそう言い聞かせた。

「あら、誰か来たわ」

と、そのとき、インターフォンの音が聞こえて喜和子が顔を上げた。一花はリビングの隅にある小さなモニターの前に駆け寄る。

「――お祖母ちゃん、俺だよー」

門のところにカメラが付いていて、室内から来客の顔をチェックできるようになっている。映し出された顔を見て、喜和子は「まぁ！」と顔を輝かせた。

「今、鍵を開けますね！」

一花は来客とやり取りできるマイクに向かって声をかけながら、モニタについているボタンを押して門と玄関のロックを解いた。

「こんにちはー！」

やがて、チェックのシャツに身を包んだ純朴そうな青年がリビングに顔を見せた。喜和子は目尻をぐっと下げて、彼をソファーの方へ手招きする。

「まぁ、あきらくん。よく来たわねぇ。さあ、座って」

「お孫さんもいらっしゃったことですし、私、お茶淹れますね！」

一花は断りを入れてからリビングを飛び出し、キッチンでお茶の支度をした。

あきらは、喜和子の息子夫婦の子供だ。背は一花より十センチほど高く、少々痩せ気味。朗らかな笑顔と切りっぱなしの短い黒髪が、気さくそうな雰囲気を漂わせている。

十九歳になったばかりで、少し前まで親と一緒にアメリカにいたが、秋から日本の大学に編入したとのこと。今は都内で一人暮らしをしており、祖母の家をこうして時々訪ねてくる。

十一月の半ばに上九条家に派遣されて、二週間余り。一花は喜和子と打ち解けつつ、この孫息子にも親しみを覚えていた。

　あきらが来ると、喜和子はたちまち相好を崩す。今もにっこり笑って、一花がお茶と一緒に置いたクッキーの皿をずいっと押し出した。

「さ、あきらくん、たくさん食べてね。若いんだから、お腹が空くでしょう？」

「お祖母ちゃん……一花ちゃんが焼いてくれたクッキーはとっても美味しいけど、さすがに俺一人で皿一枚分食べるのは無理だよ」

「あらそう？　それならみんなでいただきましょう。一花さんも座って！」

　喜和子に手招きされて、一花もリビングのソファーに腰を下ろした。暖かな部屋で、しばらくはクッキー片手に三人で談笑する。

「お祖母ちゃん、俺の特技、見てくれる？」

　あきらの提案に、喜和子は目を輝かせた。

「特技？　あら、何かしら。見たいわ」

「じゃあ、やってみる。一花ちゃん、何かいらない紙ある？　あと、工作用の鋏を借りたいなぁ」

「あ、よく切れる鋏、ありますよ。私も時々、使わせてもらってます」

　一花はサイドボードの抽斗から鋏を取ってきた。そこそこ重量感があり、刃が研ぎ澄まされていて切れ味がいい。

　それをいらないチラシとともに差し出すと、あきらは「見ててね」と言って細かく手を動かし始めた。

「ほら、できた。お祖母ちゃんにあげる」

僅か数十秒後、その場に綺麗な蝶が出現した。いわゆる切り絵である。

「あら！　すごいわ！」

紙でできた蝶をそっと手に取り、喜和子は感嘆の吐息を漏らした。もちろん一花も驚いて、パチパチと拍手する。

「本当にすごいです！　あきらさん、器用なんですね」

あきらはしきりに照れ笑いした。

「お祖母ちゃんに見せたくて、必死に練習したんだ」

優しい主と、その孫。彼らと一緒に過ごす時間は、ゆったりとしていて平穏だ。

だがふとした瞬間、壁の模様やソファーの座り心地が松濤の家と違うのに気付いて、心がぎゅっと締めつけられる。

(もう忘れなきゃ。私の新しい居場所は、ここなんだから)

一花は溜息を吐いてから、下がり気味だった口角を無理やり引き上げた。


ティータイムが終わったあと、一花は残りの家事に取りかかった。今日は少し寒いが天気がいいので、布団干しに最適だ。

寝室は一階。「わたし、畳じゃないと寝られないのよ」という家主が洋館の中にわざわざ設えた和室である。

そこから二階のテラスまで、大きくて高級な羽毛布団と毛布をよいしょよいしょと運んでいると、廊下の端でふいに腕の中から重みが消えた。

「一花ちゃん、お祖母ちゃんの布団干すの？　手伝うよ」

あきらが布団を抱えて微笑んでいる。一花は慌てて頭《かぶり》を振った。

「これは家政婦の仕事です。あきらさんは喜和子さんとお話しててください」

「お祖母ちゃんはさっきから友達と長電話してる。暇になっちゃったから、何かやらせて。これ、テラスに運べばいいんだね」

「すみません、助かります」

一花は毛布だけを持って、あきらと一緒に階段を上がった。

この家の二階には大きなテラスがあり、晴れた日はそこに洗濯物などを干している。出入り口は引き違いのガラス戸だ。

あきらは布団を担ぐように持ち上げて、それに手をかけようとした。

「あ、待ってください。そのまま窓を開けると、防犯センサーが鳴っちゃいます！」

「えー、そうなの？」

慌てて後ずさりするあきら。一花は窓に取り付けられた小さな機械に手を伸ばし、スイッチをオフにする。

「この装置がセンサーです。作動している間に窓が開くと、警報音が鳴ります。一時的にスイッチを切ったので、もう大丈夫です」

この家に住んでいるのは女性だけ。しかも、壁に飾ってある絵画や置いてある壺などはどれも高級品だ。

喜和子は財産と己の身の安全を守るため、警備会社と契約を結んでいる。

建物の周りには防犯カメラを完備。その他いたるところに侵入者を察知する赤外線センサーがあり、留守中や深夜などにその前を誰かが横切ると、すぐ警備会社に通報が行く仕組みだ。

玄関ドアにはピッキングされにくいタイプの錠が採用されている。開けるためのディンプルキーは二本あり、一花と喜和子がそれぞれ一本ずつ管理していた。

留守にするときは玄関にあるタッチパネルで家じゅうの赤外線センサーをオンにしてからきっちり施錠している。帰宅時はパネルに暗証番号を打ち込まない限りセキュリティーが解除されない。その作業を怠れば、家主や住み込みの家政婦といえど、容赦なくセンサーの餌食だ。

テラスの出入り口や窓には、室内のセキュリティーシステムとは別に、開閉探知センサーが付いている。いつもスイッチがオンになっていて、一花や喜和子が何かの用事で開け閉めする際は、その都度家の中から一時的にスイッチを切る必要があった。

あきらはずっとアメリカに住んでいて、喜和子のもとを訪れるようになったのはこの秋からだ。窓のセンサーのことは知らなかったようである。

「窓を開けるたびにいちいちセンサーをオフにするのかー。面倒臭くない？」

テラスの柵に布団を引っかけてから、あきらが聞いてきた。

「両手が塞がっていると、ちょっと億劫ですね。でも安全のためですから、背に腹は代えられません」

「開閉探知センサーって、全部の窓に付いてるの？」

「そうですよ。だから泥棒が窓を強引に破るのは無理です」

窓からの侵入は不可能。仮に何らかの方法で玄関のドアをこじ開けたとしても、セキュリティーを解除できなければすぐに警備員が駆けつけてくる。

解除するには暗証番号が必要だが、知っているのは喜和子と一花だけ。これなら並大抵の泥棒は犯行を諦めるだろう。

「ねぇ一花ちゃん、このあとは何をするの？　俺、手伝うよ」

あきらはこの家に来るたびにこまごました用事をこなしてくれる。たいていは喜和子の傍にくっついて庭いじりをしたり、買い物に付き合ったりするのだが、手が空くとこうして一花にも声をかけてくる。

あきらの申し出はとてもありがたかったが、一花はやんわりと首を横に振った。

「晩ご飯の買い物に行く予定ですけど、手伝ってもらわなくても大丈夫です。雇用主のお孫さんに家事をやらせたことが派遣元にバレたら、私、叱られちゃいます」

「そうなんだ。大変だね。じゃあ一花ちゃんは、前の派遣先でも誰かに手伝ってもらったりしなかったんだ？」

「前の派遣先……」

否応なく、金色の髪とブルーの瞳が思い浮かぶ。目の奥がじりじりと熱くなってきて、一花は慌てて話題を変えた。

「晩ご飯のメニューを何にするか、喜和子さんに聞いてきます。あきらさんも食べていかれますか？」

「お祖母ちゃんがいいって言ったら、そうしようかなぁ」

「じゃあ、一緒に聞きにいきましょう」

寒いテラスから、二人揃って喜和子のいるリビングへ戻る。もちろん、一時的に切ってあった窓のセンサーは忘れずオンにした。

「あら、あきらくんに一花さん」

一花たちが顔を見せると、喜和子はコードレスホンの子機を片手に、何とも微妙な表情を浮かべていた。

あきらが「お祖母ちゃん、何かあったの？」と問うと、おろおろと話し始める。

「今ね、すぐそこに住んでいるお友達から電話があったの。……ゆうべ、その方の家に泥棒が入ったんですって。貴金属類も、先祖代々受け継いだ大事な品も、まとめて全部持っていかれてしまったらしいわ」

「うわー、それは大変ですね」

一花は思わず眉をひそめた。

「お友達のところにはゆうべから警察の捜査が入っているみたい。刑事さんたちが言うには、最近、このあたりの家ばかり狙った窃盗事件が立て続けに起きているらしいの」

喜和子が聞いた話によると、犯人たちは複数で家に押し入り、中のものを根こそぎ奪っていくそうだ。

家じゅうをひっかき回していく荒っぽい手口や、現場に残った足跡などから、同じ者たちの犯行と思われる。

「犯人はまだ捕まってないから、うちも気を付けた方がいいって……。わたしを心配して、わざわざ電話をかけてきてくれたのよ。お友達は留守中を狙われたから身体に危害を加えられることはなかったようだけど、もし泥棒と鉢合わせしたらどうしましょう。怖いわ」

喜和子は子機を台に戻すと、不安そうに眉根を寄せた。

上九条家が建っている一帯は高級住宅地だ。災難に遭った喜和子の友人も、もれなくセレブだろう。

泥棒にとってはまさにお宝だらけ。とにかく物騒な話である。

「でも、このお家《うち》はセキュリティーが隅々まで行き届いてますし、大丈夫なんじゃないでしょうか」

喜和子があまりにも怯えているので、一花はあえて明るく言った。

決して気休めではない。この家の警備システムは完璧である。警戒するのは大事だが、無駄に怖がる必要はないはずだ。

「……そうね、きっと大丈夫よね。それに、うちにはあきらくんが来てくれるから安心だわ。ね、あきらくん」

喜和子に見つめられたあきらは、自分を指さした。

「俺？　俺なんて、全然役に立たないよ……きっと」

「そんなことないわよ。若い人が出入りしてくれると、それだけで心強いわ。……あ、そうだ！　わたし、あきらくんに聞きたいことがあるの」

ポンと一つ手を打って、喜和子はテーブルの上にあった細長い紙切れを取り上げた。何かのチケットのようだ。

「わたしね、実は児童養護施設に毎年寄付をしているの。その施設の子供たちが、十日後の日曜日に楽器の演奏会をやるんですって。施設の職員さんが、わざわざチケットを二枚送ってくださったのよ。あきらくん、よかったら一緒に行ってくれないかしら」

「十日後……」

あきらはそう呟いて、しばらく押し黙った。やがて表情を曇らせ、苦しそうに声を絞り出す。

「お祖母ちゃん、ごめん。俺、その日はちょっと用事があって」

「あら、残念だわ。でも仕方ないわね。……じゃあ、一花さんはどう？　わたしとお出かけ、してくれる？」

喜和子にふんわりと微笑みかけられ、一花は大きく頷いた。

「はい。私でよければ、ぜひ!」

2

それからまた穏やかな日々が続いた。もう十二月も半ばだ。養護施設の演奏会が翌日に迫っている。

午後二時過ぎ。買い物から帰った一花は、野菜や肉がたくさん入ったエコバッグを抱えて上九条家のキッチンに足を踏み入れた。

「あら、一花さん、お帰りなさい」

上九条家のキッチンは他の部屋と独立していてとても広く、調理台の向かい側に小さなテーブルと椅子のセットが置いてある。

そこに、喜和子が座っていた。室内に入ってきた一花を見て微笑んだが、どこかぼんやりとしている。テーブルの上には、彼女が自分で淹れたらしいハーブティーのカップと、一枚の紙が置いてあった。

一花がなんとなく紙面に目を向けると、こんな文字列が視界に飛び込んでくる。

『不動の左サイドバック・上九条あきら選手(十歳)』

『今日もベストポジション起用でハットトリック達成!』

さらに、顔写真らしきものも添えてあった。雑誌の切り抜きのようだ。

「それ、もしかしてあきらさんの記事ですか?!　十歳って、まだ子供のころですね」

買い物袋を持ったまま、一花は顔を輝かせた。喜和子はピクッと肩を震わせ、紙片を胸にかき抱く。

「ええ、そうよ。あきらくんは乳児のころ息子夫婦と一緒にアメリカに引っ越して、六歳のときに現地でサッカーのチームに入ったの。運動神経がよくて、日本でもこうして記事になるほど優秀な選手だったのよ。懐かしいわ……」

サイドバックにハットトリック。言われてみれば、これらはサッカーの用語だ。

「へー、すごいですね！　あきらさんは今でもどこかのサッカーチームに入ってたりするんですか？」

「……さぁ、どうかしらね。ほら、大きくなるといろいろ事情も変わるから」

喜和子は唇の端を片方だけ持ち上げて雑誌の切り抜きを小さく折り畳み、ポケットにしまった。

この家には『昔の思い出』がたくさん置いてある。主は今のように時々それを引っ張り出して、懐かしさに浸っている。

数日前はかわいらしいウサギのぬいぐるみを抱えて窓辺で物思いに耽っていた。それも思い出の品だ。アメリカに行った息子一家は、たびたび日本に帰国してこの家に泊まっていった。そのとき幼い孫が退屈しないように、喜和子が買い揃えた玩具の一部らしい。

他には、お泊まりしたときに着せようと思って用意した子供服なども、探せばたくさん出てくるという。

こういうエピソードを聞くと、祖母の孫への愛がひしひしと伝わってくる。その反面、思い出に浸る表情が少し寂しげなのが気になった。

今、記事に目を落としていたときもそうだ。こんなに広い家で一人暮らしをしていると、人恋しくなるのかもしれない。

「今日の夕食は何かしら。一花さんの料理、とっても美味しいから楽しみだわ」

伏し目がちだった喜和子は、顔を上げて微笑んだ。

「シチューにしました。喜和子さんがお好きなカボチャを入れる予定です」

一花は買い物袋の中身を冷蔵庫に移そうと足を踏み出した。すると、ほぼ同じタイミングで誰かの来訪を告げるチャイムの音が聞こえた。

「あ、お客さまですね。出てきます」

「いいえ、一花さんは先に食材を片付けてちょうだい。わたしが行くわ」

喜和子は買い物袋をその場に下ろそうとした一花を止めて、部屋を出ていった。家政婦を雇っているものの、主は自らいろいろなことを率先してやってくれる。

一花はお言葉に甘えて買ってきた肉などを冷蔵庫に入れた。もちろんそのままのんびり休んだりせず、来客の応対をすべく廊下に出る。

一つ角を曲がると、喜和子が何やらそわそわした顔で立っていた。

「ああ、ちょうどよかった。今、お客さまをそこの客間に通したわ。一花さんの知り合いだって言うのだけど……」

「えっ、私の知り合い？　どなたでしょう」

「一花さんが前に派遣されていたお宅の、関係者ですって」

「前って……えぇっ！　まさか！」

脳裡に、天使のような美少年の姿が浮かんできた。鼓動がどんどん速くなってきて、自分では制御できなくなる。

半ば浮足立った状態で、一花は客間のドアに手をかけた。

「あ――」

そこにいたのは金色の髪をした貴公子――ではなく、すらりと背の高い弁護士だった。メタルフレームの眼鏡がキラリと光っている。

「一花くん、久しぶりだな」

「……拓海さん！」

あれだけ早鐘を打っていた心臓が、急速に静かになった。横にいた喜和子が、興味津々な顔を向けてくる。

「ねぇ一花さん。あの方とはお知り合いなの？　背が高くて素敵ね。もしかして……特別な間柄かしら」

「えっ、ち、違……」

違います、と答える前に、拓海が笑顔で言い放った。

「私は、一花くんに結婚を申し込んでいます」

喜和子は「まぁ！　素敵だわ！」と胸の前で手を組み、頬を紅潮させた。一花は慌てて二人の間に割って入る。

「拓海さん、誤解を招くような言い方はやめてください」

「私は嘘は言ってない。君に結婚してくれと伝えたのは事実だろう」

「ん？　そう言われてみれば、そうですね。……あれ？」

急に拓海が現れたのもあって、頭がごちゃごちゃになってきた。こめかみを押さえていると、喜和子がパチンと両手を合わせる。

「一花さん、ここでお客さまとゆっくりお話してちょうだい。わたしは庭で、お花の手入れをしているわ」

「でも私、まだ仕事中で……」

「何言ってるの。せっかく素敵な方が一花さんを訪ねていらしたのよ。さあさあ、お相手して！」

「え、ええっ」

背中にぐいぐいと力がかかる。一花を拓海の前に押し出した喜和子は、一仕事終えたという表情で「じゃあ、ごゆっくり」と扉を閉めた。

（喜和子さん、絶対何か誤解してる……）

あとで訂正しておこうと心に決めて、一花は拓海と向き合う。

「拓海さん、あの……今日はどんなご用件でこちらに？」

「まずは、座ろうか。一花くん」

拓海の言葉に従い、客間のソファーに向かい合って座った。

松濤の家を辞してから、じきに一か月。対峙している弁護士は、以前会ったときのままだ。何も変わっているところがないという事実に、少し安堵する。

「君が松濤の家から去ったと聞いて、驚いたぞ」

「拓海さんにご挨拶もしないまま、急にこんなことになってすみません。この間『リヒトのことをよろしく頼む』って言われたのに……」

「君がここで働いていると林蔵さんから聞いて、顔を見にきた。リヒトと一花くんの間に何があったか、だいたいのことも把握している」

松濤の家を出るとき、林蔵には大まかに解雇の経緯を伝えている。心優しい執事は、一花の今後をとても気にしていた。

新しい勤め先が決まったら連絡が欲しいと言っていたので、喜和子のところで働いていると一報を入れてある。もろもろの事情が、拓海にも伝わったらしい。

「あ、あの。リヒトさんは、何か言ってました？　私を解雇したこと……」

心に引っかかっていることを、おずおずと尋ねてみる。しかし拓海はそれには答えず、僅かに渋面を作った。

「リヒトの食欲が、目に見えて落ちている」

「えっ……」

「一花くんがやめてから、リヒトは食事らしい食事をとっていない。林蔵さんが困り果てている。私も心配だ」

リヒトと初めて会ったとき、松濤の家の冷蔵庫には、味気ない栄養補助食品が詰まっていた。

母を喪い、一人になったリヒトは、食べるという行為に……もしかしたら生きることそのものに、興味がなくなっていたのかもしれない。

一花はそんなリヒトに食事の楽しさを思い出してほしくて、チョイ足しメニューを勧めた。それが功を奏したのか、最近はだいぶまともな食事をとってくれるようになっていたのに……。

「私がやめたあと、新しい家政婦さんを雇ってないんですか？　料理が上手い人なら、リヒトさんの口に合うものを作れるかも」

「リヒト本人にそう提案してみたが、断られた」

「断られた……？　どうしてですか」

一花が尋ねると、拓海は肩を竦めて溜息を吐いた。

「義弟に代わって私が頼もう。一花くん、リヒトの傍に戻ってくれないだろうか」

「えっ、それは無理です！　だって、リヒトさんがクビだって言ったんですよ。勝手に戻れないですし、それに……リヒトさんは、私が傍にいると邪魔なんです。きっと！」

いささかストレートすぎる申し出に、一花はぎゅっと目を閉じた。タワーマンションの中庭で言われた言葉が心の中に蘇る。

『一花はいちいち心配しなくてもいいよ。僕なら一人で上手くやれる』

一花はただ、リヒトに笑っていてほしかった。危ない目に遭うのを黙って見ているなんて、絶対に無理だ。

少しは信頼されているような気がしていたのに、心配することさえ拒絶されるとは思わなかった。これ以上、悲しい言葉を投げかけられるのは辛い。リヒトから逃げ出したのだと言われれば、それは当たっている。

「一花くん」

穏やかな拓海の声で一花は思考を止め、ハッと顔を上げた。

「もう一度言う。戻ってくれないだろうか。『一花を追い出したのは自分だ』とリヒトは私に口走った。おそらく、君を解雇したことを後悔している。リヒトだけでなく、林蔵さんも大変悲しがっていた。……無論、私もな」

「ごめんなさい。無理です。私はもう、ここの家政婦ですし」

一花がぺこりと頭を下げると、拓海は床に視線を落とした。

「そうか。残念だ」

「本当にごめんなさい」

「いや……謝ることはない。確かに、ここは居心地のいい家だな。一花くんが働きたいと思うのも頷ける。先ほど少し話しただけだが、喜和子氏の人柄にも好感が持てた」

拓海は気を取り直したように、話題を一花の近況に移した。

喜和子のことや、孫のあきらのことなど、一花はここ最近の出来事をつらつらと教えた。

客間が少し賑やかになったのは、このあたりで窃盗事件が続いていることを話し終えたときだ。

「こんにちは！」

あきらが客間の戸口から顔を覗かせた。隣には、喜和子がにこにこしながらぴったりと寄り添っている。

「お花の手入れをしていたら、あきらくんが来たのよ。ちょうどいいわ。拓海さんも交えて、みんなでお茶にしましょう。さあ、あきらくん。座って座って」

祖母に背中を押されたあきらは、腰を下ろす前に拓海に目を留めた。

「あー、その人がお祖母ちゃんの言ってた、一花ちゃんの彼氏？」

「ち、違っ……」

「東雲拓海と申します。一花くんとは以前から親しくさせてもらっています」

またもや、違うと言う前に拓海がしゃしゃり出てきた。喜和子は目をキラキラと輝かせ、まるで乙女のような顔になる。

「ねぇ、拓海さん。一花さんに結婚を申し込んだと仰っていたわね。もうだいぶ、お付き合いが進んでいる感じかしら」

　拓海は胸を張ってこう答えた。

「今は、交換日記を少々」

「――は？　交換日記って、何？」

　あきらが盛大に首を傾げたところで、一花はパチンと手を叩いた。

「お茶にしましょう！　私、淹れてきますね！」

　やや珍妙な空気の漂う客間をそそくさと飛び出して、キッチンへ走る。

　いつもの紅茶を手にしたが、すぐに考え直した。今日は今年一番の冷え込みだ。さらりと飲めるお茶より、もっとコクがあるものの方が身体が温まる気がする。

（こういうときは『あれ』にしよう！）

　お茶の缶を棚に戻し、一花はくるりと身を翻して冷蔵庫を開けた。業務用と呼んでも差し支えない大型のものだ。そこから牛乳を取り出して行平鍋に注ぎ、火にかける。

　湯気が立ってきたのを見て、『あるもの』を投入した。あとは木べらで混ぜながら、牛乳をじっくり温めるだけ。

「みなさん、お待たせしましたー！」

　再び客間に戻り、お盆に載せて持ってきたマグカップをガラステーブルに並べた。

　真っ先に口を開いたのは、喜和子だ。

「これ、ホットミルクかしら？　温かそうねぇ」

一花はそんな喜和子の前に木の匙を置いた。

「ただのホットミルクではありません。ほんのり味が付いています。この匙で混ぜながらお召し上がりください」

「分かったわ」

喜和子はカップと匙を手に取り、ふぅふぅと息を吹きかけてから、中身をそっと口に含んだ。拓海やあきらも同様にする。

「あー、甘いね、これ！」

あきらが声を弾ませて言った。拓海はカップから立ち上る湯気のせいで曇ってしまった眼鏡を律儀に拭いてから、「うーん」と腕を組む。

「甘いだけではない。香ばしい風味がする。中に何が入っているのだろうか」

「なんだか、和菓子みたいな味ねぇ」

喜和子は微笑みつつ、カップを目の高さに上げて中を覗き込んだ。

一花は全員を見回して、答えを発表した。

「ホットミルクの中に入っているのは、『きなこ棒』です。私が個人的に買っておいたおやつを使ってみました！」

「あー、なるほど、あれかー！」

得心しているのは、あきらだけだ。喜和子と拓海は不思議そうな表情で「きなこ棒？」と口を揃える。

「きなこ棒というのは、砂糖とはちみつ、もしくは水飴を練ったものにきなこをまぶした駄菓子です。喜和子さんと拓海さんは、ご存じないですか？」

一花が説明すると、喜和子と拓海は首を横に振った。

「知らないわねぇ。わたし、駄菓子というものを食べたことないのよ」

「私もだ」

百円玉一つでお釣りがくる駄菓子に、セレブの二人はあまり縁がなかったようだ。

いっぽう、一花は子供のころから親しんでいた。とりわけきなこ棒は大好物で、大人になった今でも、スーパーなどで見かけるとついつい買ってしまう。

市販のきなこ棒にはいろいろな形状があるが、今回は小指くらいの大きさに細長く成形してあるものを使った。分量の目安は、マグカップ一杯のミルクにだいたい一～二本。

ほんのり温まってきた牛乳に、一センチほどの大きさに切ったきなこ棒をチョイ足ししてかき混ぜるだけで、ほっこりと美味しい飲み物に仕上がる。

さらに、ホットミルクｉｎきなこ棒の醍醐味は、それだけではない。

「カップの底に、まだ溶けていないきなこ棒の塊があるはずです。それを木の匙ですくって、ミルクと一緒に食べてみてください！」

喜和子と拓海とあきらは、一花の指示通りカップから指の先ほどの塊を拾い上げた。

「まぁ、甘くてまろやかで、美味しいわねぇ～」

ふにゃりと相好を崩した喜和子に続いて、拓海とあきらの顔にも笑みが浮かぶ。

きなこ棒は砂糖と水飴でできている。これを温めた牛乳に入れて根気よくかき混ぜれば、次第に小さくなって最終的にはだいたい溶ける。

しかし、一花はあえて途中で手を止め、塊のまま残した。熱でほろりと軟らかくなったきなこ棒を、ミルクと一緒に食べると絶品だ。

「一花さんもお座りなさい。お茶やおやつは、みんなで楽しむのがいいのよ」

「はい。じゃあ、お言葉に甘えて。あ、お菓子もありますよ、みなさん」

主に言われて一花も座り、マグカップを手に取った。ミルクを甘くしたので、一緒に添えたのは塩気のある豆菓子だ。

飲み物を片手に他愛もない話をしていると、平穏さを実感する。時折金色の髪をした貴公子の顔が心に浮かんだが、一花はそれを甘いミルクと一緒に無理やり飲み込んだ。

「もうじき夕方か。私は仕事が残っているので、ここで失礼する」

小一時間もすると、拓海がソファーから立ち上がった。それを見て、喜和子の眉が片方だけ下がる。

「あらぁ、もうお帰りになるの？　夕飯もご一緒したかったのに」

「俺も、もっと話したかったなぁ」

あきらも心底残念そうに言った。

「お仕事なら仕方ないわね。拓海さん、またいらしてちょうだい。ほら一花さん、大事な方を玄関まで送って差し上げて」

私と拓海さんはそんな仲じゃありません――一花は喜和子にそう突っ込もうとしたが、なんだか面倒臭くなってやめた。「お見送りしてきます」とだけ告げて、長身の弁護士と一緒に客間を出る。

廊下をほんの数メートルも歩けば玄関だ。靴箱兼物入れの上には、喜和子が育てた花がたくさん活けられている。

三和土に降りる直前、拓海が振り返った。

「一花くん。少しでもリヒトに食事をとってもらいたいのだが、何かいいアイディアはないだろうか」

「うーん、リヒトさんって、普段から食が細いですからね」

「リヒトはどんなものを好むのだろう。何を出してもろくに口を付けないと林蔵さんから聞いて、私の伝手で取り寄せた有名レストランのメニューを差し入れてみたのだが、全く効果がなかった」

「リヒトさんの好みは、あっさりした家庭料理です。レストランで出てくるようなものは、あまり食べないかも……あっ！」

考えているうちに、思い出したことがある。松濤の家に派遣されて間もないころ、リヒトから聞いた話だ。

「リヒトさんは、亡きお母さまが作ってくれたスープを探しているんです。お誕生日とか、難事件を解決した日とか、特別なときに出てきた料理らしくて……」

雰囲気を出すためキャンドルだけを灯して味わったそのスープは、とても美味しかったそうだ。だが部屋が薄暗くて、リヒトは中にどんな具が入っていたのかよく覚えていないという。

謎解きのあとに味わったスープなら、同じように謎を解いていれば何か思い出す可能性がある。貴公子探偵が謎に挑むのは、薄れゆく食欲を繋ぎ止めるだけではなく、母の味に辿り着くためでもあるのだ。

「そのスープならどんなに食欲がなくても大丈夫だと思うんですけど……材料も作り方も分からないんです。拓海さんは、この件について何か知りませんか？」

「いや、スープの話は初耳だ。作り方が分からないのなら、再現は不可能だな。他には、何かないだろうか」

「他には……あ、さっき私が出したホットミルクはどうですか？　スープとは違いますけど液体がメインですし、あれなら今のリヒトさんでも口にしてくれるかもしれません」

牛乳は割とお腹にたまるし、カルシウムとたんぱく質が豊富だ。きなこ棒を入れれば、さらに糖分もプラスできる。

一花が期待を込めて拳を握り締めると、拓海の顔がパッと明るくなった。

「うむ。確かにあれなら、食欲がなくても受け入れやすそうだな」

「ですよね！　あとで、林蔵さんに作り方をメールで伝えておきます！」

チョイ足しメニューのいいところは、料理の心得がなくても食べ物を簡単に美味しくできることだ。

　ひとまずリヒトでも口にできそうなものが見つかって安心した。ホッとして肩の力を抜いた一花に、拓海のまっすぐな眼差しが向けられる。

「まだリヒトのことを心配してくれるのだな、君は」

「えっ」

　言われて気付いた。さっきから頭の中にあるのは、美麗な貴公子の姿だけだ。

　栄養が足りなくて倒れてしまわないか、どうにかできないか……そればかり考えていた。

　一花はもう、リヒトと何の関係もないのに。

「リヒトのことがそんなに心配なら、やはり松濤に戻ってくれれば――」

「それは、無理です！」

　拓海を遮って、一花は頭《かぶり》を振る。

「さっきも言いましたけど、私はもう、この家の家政婦になったんです。それに、リヒトさんのことなんて、これっぽっちも心配してませんから！」

　叫ぶように吐き出したあと、なんとか十秒は耐えた。

　だがその先は……どうやっても堪えきれなかった。

「――はっっくしょん！　くしゅん……はっっっっくしょん!!」

　ここ最近で一番派手なくしゃみが、怒濤のように押し寄せる。

　それはいつまでもしつこく繰り返された。まるで一花のことを『嘘吐き』と責め立てるように。

3

演奏会の当日。

朝から雲一つない晴天だった。きりりと寒いが、日差しの中にいると気持ちがいい。

「一花さん。今日はちょっと『おめかし』ねぇ。そのスカート、とてもかわいいわ」

大きな家が建ち並ぶ住宅街をゆっくりと歩きながら、喜和子が微笑んだ。

一花は老婦人のペースに合わせつつ、笑い返す。

「せっかくなので、一番いいのを着てきました」

喜和子が寄付を続けている児童養護施設は、毎年十二月のこの時期に『クリスマスコンサート』と称した演奏会を開く。会場は区立の音楽ホールで、子供たちはこの日のためにたくさん練習を積んでいる。内輪とはいえ、思った以上に本格的な催しらしい。

普段は動きやすさ重視でデニムやチノパンばかり穿いている一花だが、今日は唯一持っているスカートを出してきた。紺色の地に小さな花が散った、丈の長いものだ。

上には白いニットと水色のコートを合わせている。これならそこそこきちんとして見えるだろう。

演奏会の会場は大田区。天気がよかったので、喜和子は運動不足解消のためにそこまで徒歩と電車で行きたいと言い出した。

二人揃ってゆっくりと歩き、最寄りの成城学園前駅までもう少しだ。

「喜和子さん。演奏会、あきらさんと一緒に行きたかったですよね。用事が入ってしまって残念です」

昨日は暇だったようで、あきらは上九条家に顔を出している。演奏会かあきらの用事、どちらかが一日ずれていたら……と思うと余計残念だ。

しかし喜和子はそんなそぶりを一切見せず、笑顔で言った。

「わたしは一花さんとお出かけするの、とても楽しいわよ。一花さんこそ、こんなおばあちゃんとデートでいいの？　例の素敵な彼と一緒の方がよかったんじゃないかしら」

意味ありげな目を向けられて、一花は慌てた。

「た、拓海さんは、彼氏じゃないです！」

「あらそうなの？　あんなにいい方なのに……。なら、他に気になるお相手でもいるのかしら」

「えっ」

思わぬことを聞かれて、一花はその場でピタリと足を止めた。『気になるお相手』という言葉が、なぜか胸に引っかかる。

だが考え込む前に、喜和子が「あっ」と声を上げた。

「一花さん、どうしましょう。演奏会のチケットを家に置いてきてしまったわ」

「あー、あれがないと会場に入れませんね。でもまだ、時間に余裕があるはずです」

一花はスマートフォンを取り出して時刻を確認した。

会場で慌てたくなかったのと、喜和子の歩くスピードを考えて、早めに家を出ている。ここでチケットを取りに引き返しても、開演には十分間に合う。

「喜和子さんは駅で待っていてください。私がひとっ走りお家に戻って、チケットを取ってきます」

「いいえ一花さん、わたしもいったん家に戻るわ。今気付いたのだけど、チケットだけじゃなくてお財布も置いてきているみたいなの。他にも忘れ物がありそうね。……嫌だわ。最近、こういうことばかり。この間も、鍵をどこに置いたか忘れてしまったし」

「大丈夫ですよ、喜和子さん。鍵ならあとでちゃんと出てきたじゃないですか。それに、忘れ物なら私もよくやっちゃいます」

数日前、確かに喜和子は自宅の鍵をなくしている。一花も手伝ってあちこち捜していたら、あきらが訪ねてきた。

三人で手分けした結果、鍵は無事に発見された。リビングのソファーの上に放り出してあったのを、あきらが見つけてくれたのだ。

「じゃあ、二人でお家に戻りましょう、喜和子さん」

一花は喜和子をいたわりつつ、来た道を引き返し始めた。さほど長い道のりではない。天気もいいし、ちょっとした散歩だ。

そう思っていた。――玄関のドアに触れるまでは。

鍵穴にディンプルキーを差し込んで回したが、手応えがない。ためしにそっとドアを引くと、それはあっけなく開いた。

（あれ、鍵、開いてる……）

異常は、中に足を踏み入れてもさらに続いた。

玄関を入ってすぐのところにあるタッチパネルを見ると、すべての部屋の赤外線センサーが切られている。つまり、ここは今、とても無防備な状態なのだ。

家を出るとき、セキュリティーのスイッチを入れ忘れていたのだろうか。しかも、鍵までかけ忘れていた……？

そこまで考えて、一花はぶるぶると首を振った。

さっき、喜和子はちゃんとセキュリティーをオンにしていたし、鍵もかけていた。近くの家に泥棒が入ったばかりなので、そのあたりのことはいつもより気を付けていたはずである。

――ガサガサ、カチャカチャ

嫌な予感に苛まれた一花の耳に、奇妙な音が届いた。何か、どこかをひっかき回しているような……そんな音だ。

「一花さん、家の中に――誰かいるわ」

喜和子が顔を引きつらせて抱きついてくる。一花も恐怖のあまり、自然と小柄な身体に手を回した。

二人で三和土に立ち尽くしている間も、妙な音は続いていた。それは、玄関を上がってすぐのところにある客間から聞こえてくる。

よく見ると、廊下の壁に掛けてあったはずの高級な絵画がなくなっていた。片隅に飾ってあった古伊万里の壺も消えている。

考えられることは一つしかない。

今、この家に、何者かが盗みに入っているのだ。

(でも、どうやって……?)

玄関を無理やりこじ開けた形跡はなかった。セキュリティーは解除されているが、機械自体は壊れていない。

すぐそこにいる誰かは、一体どうやってこの家に上がり込んだのだろうか……。

一花はそこで無理やり考えるのをやめた。とりあえず今は、細かいことを気にしている場合ではない。

おそらく家の中が荒らされているが、泥棒を捕まえるより命が優先である。

下手に客間に踏み込んで、逆上した相手に襲いかかられたら、女性二人ではとうてい太刀打ちできない。一刻も早く、誰かに助けを求めるべきだ。

「喜和子さん、外に逃げましょう」

震えている喜和子を抱えるようにして、一花はそろそろと後ずさった。

門から外に出られれば、多少は人目がある。スマートフォンを使って警察に通報することもできる。

幸いにも、まだ一花たちの存在は侵入者に気付かれていない。静かにドアを開ければ、逃げきれるはずだ。

「あっ……！」

だが、恐怖で上手く足が動かなかったのか、喜和子が声を上げてよろけた。

小柄な身体はどこかに当たり、その拍子に玄関にあった花瓶が音を立てて三和土に落下する。

「――誰だ！」

客間から低い声がしたと思ったら、ドアがバッと開いた。

中から黒ずくめの者たちが四人、転がるように廊下に躍り出てきて、一花と喜和子を取り囲む。

おそらく、全員若い男性だろう。服と同じ黒っぽいキャップを目深に被り、大きなマスクで顔を覆っていて、人相は全く分からない。

「しばらく留守じゃなかったのかよ……クソっ！」

ひときわ背の高い男が、忌々しそうに吐き捨てた。その隣にいる筋肉質の男が、溜息交じりに尋ねる。

「どうしますか、こいつら」

背の高い男は、唯一露出している鋭い目を一花と喜和子に向けた。

「仕方ない。縛り上げておけ」

「ロープなんてあったっけ？　家の中を探しますか？」

「馬鹿野郎、そんな悠長なことしてられっか！　今すぐ逃げなきゃマズいだろ。遠くに行く前にこいつらに通報されたら困るから、動きを封じるんだよ。ロープがないなら痛めつけりゃいい。カッターか何か、持ってねぇか？　それで手足を傷つけるんだ」

「分かりました」

「やりすぎんなよ」

男たちがじりじりと一花たちに近づいてくる。そのうち二人の手に握られているのは、大型のカッターだ。

何も持っていない二人が一花と喜和子の腕を強引に掴み、三和土から廊下に引き上げる。一花たちはそのまま突き当たりまで追いやられ、逃げ場がなくなってしまった。

カッターを持った男がまず狙ったのは……。

「喜和子さんっ！」

一花は無我夢中で喜和子を突き飛ばした。その直後、カッターの刃がその場でヒュンと空を切る。

まさに間一髪だ。だが、胸を撫で下ろしている暇などなかった。

「一花さん、危ないっ！」

今度は喜和子の絶叫が響き渡る。

気付いたときには、少し錆びた刃が頭上にあった。それはおそらく、あと数秒足らずで一花に向かって……。

「――一花、伏せて！」

もう駄目だ、と目を閉じる寸前、声が聞こえた。

一花は咄嗟にそれに従った。声を発した人の姿は見えないのに、心から思った。――彼の言うことを聞いておけば大丈夫、と。

「ぐっ……」

ナイフの刃がすぐ傍の壁に突き刺さる音と、くぐもった声。続けて、どさりと人の倒れる気配。

身を伏せていた一花がそろそろと顔を上げると、キラキラ光る金色の髪が目に飛び込んできた。

「――え、リ、リヒトさん?!」

そこに立っているのは、天使のような美少年だった。

すぐ傍に、さっきまで刃を振りかざしていた男が倒れている。突然飛び込んできたリヒトが、当て身を食らわせたのだろう。

「一花、怪我は?!」

リヒトは、座り込んでいる一花の傍に片膝をついた。

「え、あ……ありません、けど」

「立てる？」

整った顔にあからさまな安堵の色が浮かび、すんなりした手が差し出される。信じられなかった。どうしてリヒトがここにいるのだろう。どうして自分を助けてくれたのだろう。

もしかして夢だろうか。本当は、さっき刺されて気を失ったのでは？　差し出された手に触れた瞬間、何もかも消えてしまうかもしれない……。

そんなのは、嫌だ。

「何だ、てめぇ！　どっから来やがった！」

背の高い男の怒声で、ハッと我に返る。

リヒトの登場ですっかり忘れていたが、侵入者は四名いた。一人はまだ起き上がれずにいるが、あと三人残っている。

「ああっ、何でこんな面倒なことになってんだ！　こうなったら全員動けなくするしかないな。貸せ！」

背の高い男は、傍らにいた男からカッターナイフを奪うと、それをまっすぐリヒトに向けた。

「リヒトさん、危な……」

「一花、そこから動かないで！」

リヒトは前に出ようとした一花を制し、後ろ手で庇うような姿勢を取った。

「でも、それじゃリヒトさんが……」

「動かないで。たとえ僕が無事でも――一花に何かあったら意味がない！」

「リヒトさん……」

チチチ……と音を立てて、背の高い男がカッターの刃を長く繰り出す。露出している双眸が冷たく光った。

その刹那。

「――リヒトさま、助太刀いたしますぞ！」

玄関のドアが開け放たれた。時代劇のような台詞が聞こえたかと思ったら、黒い塊がこちらに突進してくる。

それは途中でたんっと床を蹴り、高く飛び上がった。

「はあっ、何だよ、なっ……」

背の高い男は、派手な音を立てて吹っ飛んだ。その拍子に落としたカッターを、リヒトが素早く回収する。

「林蔵さん！」

見事な飛び蹴りを披露した人物を見て、一花は思いっきり叫んでいた。

黒い塊の正体は、丸眼鏡をかけた執事だ。たった今、男一人を倒したというのに、全く息が乱れていない。

「リヒトさま。申し訳ありません、到着が遅くなりました」

「気にしないで、林蔵。せっかくプライベートで沙奈絵さんと会ってたのに、呼び出して悪かったね。こっちはかすり傷一つ負ってないし、大丈夫だよ」

「それは何よりでございます。ではこの林蔵、残党に対応いたします」

林蔵はくるりとターンして、残る二人の男たちに向き直った。さすがは合気道の達人だ。痩軀からすさまじい闘志が漂い、立っているだけで迫力がある。

みなぎる『圧』に押されたのか、男たちはいったん顔を見合わせると、一花たちに背を向けた。そのまま、あっという間に玄関の方へ逃げていく。

「お、おい。置いていかないでくれぇ～」

「待ってくれよー」

倒れていた二人もよろよろと起き上がって走り出した。

「林蔵、追えるところまで追って！」

「かしこまりました」

リヒトの号令で、執事も外へ飛び出す。

一花は座り込んでいる喜和子のもとへ素早く駆け寄った。

「喜和子さん、大丈夫ですか?!」

「……ええ、な、なんとか……」

そう答えつつも、よほど怖かったのだろう。喜和子は一花に縋りついてきた。顔色がかなり悪い。

「一花、その人のかかりつけの病院、どこか知ってる？　念のため、医者に診せた方がいいと思う」

リヒトに言われて、一花はすぐに頷いた。

「知ってます！　タクシーを呼んで、お連れします」

「警察にも電話するんだ。強盗に入られたんだからね」

「分かりました。えーと……とりあえず喜和子さんの保険証と診察券が必要ですね」

それらがあるのは、主の寝室だ。

一花はひとまず喜和子をその場に座らせた。それからすぐに踵を返そうとしたが、なぜか足が震えて動かない。次第に、眩暈までしてきた。

そうか、私、怖かったんだ……。

ようやく自覚したとき、誰かにがっしりと身体を支えられた。

「一花、大丈夫？」

リヒトの両腕が、一花の上半身をしっかりと抱き留めている。その力強さに少し驚き、顔の近さに心臓が跳ね上がった。

「あとのことは僕がやるから。一花は休んでて」

「は、はい……」

リヒトは一花を離すと、スマートフォンを取り出した。

腕が回っていた箇所が熱を帯びているような気がして、一花はそっとそこに自分の手を重ねた。

4

四人の男たちは林蔵の追跡を振りきり、門の外に停めてあったバイクに乗って逃げたそうだ。林蔵は上九条家にそのまま残り、やってきた警察の応対をすることになった。

喜和子はかかりつけの病院に運ばれた。小一時間ほど検査を受けたが、若干血圧が高い程度で怪我はなく、一晩安静にしていれば大丈夫とのこと。

眩暈を起こした一花は、あのあと五分ほどで回復した。今はリヒトとともに病室に付き添っている。

ベッドの上の喜和子はすっかり顔色がよくなり、もう心配なさそうだ。

「お祖母ちゃん、大丈夫?!」

病室の窓から見える空が暗くなったころ、あきらが汗だくで飛び込んできた。喜和子から孫息子のメールアドレスを聞き、一花が事情を知らせておいたのだ。

「あきらくん、来てくれたのね。ありがとう。一花さんが庇ってくれたから、この通りピンピンしているわよ」

喜和子は目尻を下げて微笑んだ。

「怪我はないんだね。よかったぁ……」

　あきらはベッドの傍に張り付いて祖母の具合を何度も確認すると、今度はパッと振り返って一花の両手を強く握った。

「一花ちゃんも大丈夫?!　お祖母ちゃんを助けてくれたんだね。ありがとう！」

　これ以上ないほどストレートにお礼を言われ、嬉しい反面こそばゆい。しきりに照れていると、リヒトが割って入ってきて、握られていた手がパッと離れた。

「ちょうどよかった。今から君を、ここに呼ぼうと思ってたんだ。ちょっと確認したいことがある」

　整った顔に、静かな怒りが浮かんでいるのが一花には見て取れた。あきらも不穏な雰囲気を察したようで、眉間に皺を寄せる。

「え、俺に何の用かなぁ。っていうか、君、どこの誰？」

「どこの誰……か」

　リヒトは僅かに目を伏せた。

　しばらくして、美しい顔があきらに向けられた。そこには貴公子の不敵な笑みが浮かんでいる。

　眼差しは鋭く、しかもキラリと輝いていて、まるで好敵手を前にした剣士のようだ。

「その質問、そっくりそのまま返すよ。君はどこの誰かな。少なくとも――上九条喜和子さんの孫じゃないよね？」

「えええぇぇぇぇぇ――っ！」

一花はここが病室だということも忘れて大声を上げた。喜和子はベッドの上でハッと息を呑む。

あきらは眉を吊り上げて硬直していた。リヒトだけが落ち着き払った様子で、ゆっくりと話し出す。

「拓海がゆうべうちに来て、一花や上九条家のことをあれこれ話していったんだ。そのとき、林蔵が紅茶の代わりに甘いホットミルクを出した。とても美味しかった……。あれ、一花がレシピを教えたんだってね。飲んだ直後は気付かなかったけど、今日になって真相が見えた。だから僕は、ここに来たんだ」

今日、林蔵は半日だけ休暇を取り、沙奈絵のところに行っていたそうだ。しかし真相に気付いたリヒトから連絡を受け、上九条家に出向いた。

いっぽう、リヒト本人も現場に急行。あとは一花も知っての通りである。

「ホットミルクにきなこ棒を入れてくれたお陰で――謎が解けたよ」

貴公子探偵の長い指が、スッと持ち上がった。その先にいたのは、立ち尽くしているあきらだ。

「君は喜和子さんの孫じゃない。強盗の一味だ」

放たれた言葉に、その場の空気が凍り付く。

二十秒ほど経ってから、一花はようやく口を開いた。

「リヒトさん……嘘でしょう？」

貴公子はあきらに向けていた指を下げて、首を横に振った。

「嘘じゃない。そこにいるのは『偽物の上九条あきら』だ。盗みに入った四人の仲間だよ。僕は今日そのことに気が付いて、この家が危ないと思ったから駆けつけたんだ。怪我人が出なかったからよかったけど、もし万が一のことがあったら……一生、許さない」

緑がかった青い瞳が、鋭く眇められている。

探偵の視線を一身に受けても、あきらは微動だにしなかった。喜和子はただ、おろおろと不安げな表情を見せている。

電灯の光が柔らかく照らす病室に、リヒトの声だけが響いた。

「便宜的に、君のことは『偽あきらくん』と呼ばせてもらう。何せ、僕は本名を知らないからね。……まずおかしいと思ったのは、偽あきらくんが『きなこ棒』がどんなものか知っていたことだ。実は僕は、何のことか分からなくて林蔵に聞いたよ。あれは駄菓子なんだってね。セレブにとってはあまり馴染みがないものだ。現に、一花がホットミルクに入れて出したとき、拓海や喜和子さんはピンときてなかった。名門・上九条家の令息も、おそらくきなこ棒なんて知らないはずだよ」

一花は少し前の光景をありありと思い出した。きなこ棒というワードに頷いていたのは、あきらだけだ。

「いったん疑問を持ったら、別の矛盾にも気が付いた。偽あきらくん。君は、右利きだよね」

あきらの肩がピクリと動いた。

一か月ほど一緒にいたので、一花はあきらの利き腕が右であることを知っている。だが、たった今会ったばかりのリヒトが、どうしてそのことを断言できるのだろう。

その疑問に、貴公子探偵本人が答えた。

「偽あきらくんは、切り絵が得意なんだろう。一花や喜和子さんの前で腕前を披露したんだって？　そのとき用いた鋏は上九条家にあったもので、一花もよく使ってた。僕は一花の利き腕が右だということを知ってる。だから、その鋏は右利き用なんだよ」

「鋏に右利き用と左利き用があるんですか？」

尋ねたのは一花だ。リヒトは首肯した。

「右利き用と左利き用では刃の嚙み合わせ方が逆になる。右利きの人が左利き用の鋏を使うと上手く切れないんだ。偽あきらくんは一花と同じ鋏を使いこなしていたんだから、確実に右利きだよ」

拓海が上九条家を訪れたとき、一花はあきらの切り絵の話をした。それがリヒトにも伝わったのだろう。

だが、鋏のことなど聞き流してもよさそうなものだ。しっかり記憶に留めて利き腕を指摘するなんて、さすがはリヒトである。

美しき探偵は、さらに話を続けた。

「使っていた鋏から、偽あきらくんは右利きであることが判明した。でもね、本物の上九条あきらは――左利きなんだよ」

「な、何で……何でそんなことが分かるんだよ?!」

あきらがとうとう沈黙を破った。両方の拳をぎゅっと握り締めて、貴公子探偵に食ってかかる。

「君……リヒトくんっていうのかな。さっきから俺のことを偽物扱いしてるけど、リヒトくんは本物の上九条あきらに会ったことがあるの？」

「いや、ないけど」

「だったら、上九条あきらの利き腕なんて知ってるはずないよねぇ？　ハッタリで俺のことを陥れようとしてるの？　そういうの、やめてくれないかなぁー」

「――不動の左サイドバック。ベストポジション起用でハットトリック達成」

リヒトが呪文のような言葉を呟いた。

一花は少し考えてから、「あっ」と声を上げる。

「リヒトさん、それ、もしかして昔の雑誌の記事ですか?!」

喜和子がキッチンで寂しそうに眺めていたあの記事だ。一花はこの件も、拓海にもれなく伝えている。

「そうだよ。子供のころ、アメリカのサッカーチームで活躍していた上九条あきらについて書かれた記事だ。喜和子さんが雑誌の切り抜きを持ってたんだって？」

リヒトの視線がベッドの上に向けられた。

そこにいた喜和子は、とても悲しそうな……何かを諦めたような表情で、自分の手元に目を落としている。

やがて、貴公子探偵はあきらを見やった。

「左サイドバックっていうポジションは、左利きの選手が絶対的有利だ。記事に『ベストポジション』と書いてあったくらいだから、本物の上九条あきらも左利きの可能性が高い。偽あきらくん、君の利き腕とは異なっている。駄菓子が好きで、なおかつ右利きの君が、本物の上九条あきらであるはずがない」

「うっ……」

あきらは僅かに呻いて、唇を噛み締めた。

そのまま諦めて白旗を掲げるかと思われたが、ぶるぶると頭《かぶり》を振ってリヒトに向き直る。

「左サイドバックに左利きの選手が多いのは、あくまで統計だろ。右利きの選手だっているよ。駄菓子が好きな金持ちだって、いないとは言いきれない！　俺が上九条あきらじゃないって言うなら、もっとちゃんとした証拠を出してよ」

「ちゃんとした証拠か……。分かった」

リヒトは軽く溜息を吐くと、上着のポケットに手を差し入れて、そこから折り畳まれたコピー用紙を引き出した。

それを、傍にいた一花に「はい」と手渡す。

「書かれていることを、声に出して読んでみて」

　一花は貴公子探偵に言われるまま紙を受け取り、そっと広げた。

「不動の左サイドバック・上九条あきら選手（十歳）。今日もベストポジション起用でハットトリック達成……って、これ、喜和子さんが読んでた記事じゃないですか！」

　驚く一花に、リヒトはあっけらかんと微笑んだ。

「そうだよ。喜和子さんが診察を受けている間、僕は近くの図書館でこの記事が載った雑誌を探してたんだ。該当のページだけコピーしてきた。……一花、続きを読んで」

「はい。えーと、『米国在住の上九条あきら選手は六歳からサッカーを始め、十歳の今はすでにチームの主力である。ゴール数は女子リーグのトップを誇り……』って、えっ、ちょっと待ってください。『女子』リーグ?!」

　読み間違いかと思って、一花は何度も紙面を指で追った。しかし、そこには『女子』とはっきり書いてある。

「じゃあ、喜和子さんの本当のお孫さんて……」

「そう。本物の上九条あきらは女性なんだよ。名前は少し男性っぽいけどね」

　一花が飲み込んだ言葉を、リヒトが代わりに口にした。性別の違い。これほど『ちゃんとした証拠』はない。

　あきらは……いや、偽あきらは、呆然と立ち尽くし――やがて、くずおれた。

　あとは貴公子探偵の独擅場である。

「玄関のディンプルシリンダー錠は、簡単には破れない。上九条家は特に警備が厳重で、窓からの侵入は不可能。なおかつ、家じゅうあちこち赤外線センサーが張り巡らされている。これらを突破してゆうゆうと盗みを働くには、合鍵と、セキュリティーを解除するための暗証番号を手に入れるしかないんだ」

床に膝をついている偽あきらを見下ろしながら、リヒトは畳みかけた。

「……偽あきらくん。君は強盗の一味なんだよね？　君の役目は、孫のふりをして喜和子さんに近づくことだった。家の中に入れてもらえれば間取りやセキュリティーの詳細が分かるから、盗みに入る計画が立てやすい。そういうことをチェックしつつ、君はさらに喜和子さんに張り付いて、暗証番号を打ち込むところを覗き見た。そしてこっそり鍵を盗み、コピーしてから何食わぬ顔で戻しておいたんだ」

鍵のくだりで、一花はあることを思い出した。

数日前、喜和子は鍵をなくしている。それを魔法のように見つけたのは偽あきらだ。実はあのとき偽あきらの手で鍵が持ち出され、合鍵が作られていたのかもしれない。

「君は、喜和子さんと一花が今日演奏会に行くのを知って、仲間にそれを伝えた。君の仲間は家が完全に留守になるときを狙い、君が手に入れた合鍵を使って、楽々と玄関を開けたんだ。君から聞いた番号を打ち込めば、セキュリティーも解除できる。強盗たちがすんなり家に入るには、喜和子さんに近づける人物――孫のふりをしている君の協力が不可欠なんだよ。もう、何もかも認めたら？」

貴公子探偵の、完璧でエレガントな解答が示された。室内にしばしの静寂が訪れる。

それが永遠に続くのではないかと思われた矢先、一花の耳に低い声が届いた。

「ごめん……なさい」

偽あきらはゆっくりと、しかしはっきりと降参の意思を示した。病室の冷たい床に膝をついたまま、喜和子を見つめる。

「お祖母ちゃん……いや、喜和子さん。俺はあなたの孫じゃない。俺には祖母どころか、親もいないんだ。十八まで児童養護施設で育って、そのあと社会に出たけど、職場をクビになった。路頭に迷う寸前、街であの四人に話しかけられて……」

あの四人とは、もちろん今日鉢合わせした泥棒たちのことだ。

彼らはお金持ちの家を立て続けに荒らし回っていた。上九条家にも目を付け、盗みに入るチャンスを窺っていたようだ。

そんな折、一味は上九条家の主・喜和子に孫がいることを突き止めた。しかもその孫は米国住まいで、しばらく祖母とは会っていない。

こうして、偽あきらを孫息子に仕立てて喜和子のもとへ送り込む計画が立てられた。

目的は、リヒトの推理した通り合鍵などを手に入れるためだ。最近物忘れがひどくなっている喜和子なら、本物の孫でなくても騙し通せると考えたらしい。

ただし、彼らが知っていたのは、孫の氏名と年齢と米国在住の事実のみ。しかも『あきら』という名前から、男性だと思い込んでしまった。

「騙してごめん。怖い目に遭わせて、本当にごめんなさい！」

偽あきらは、土下座するような勢いで頭を下げた。

「お祖母ちゃん……喜和子さんは、俺にとてもよくしてくれた。なのに、本当にごめん。喜和子さんが優しくしてくれたのは、俺が本物の孫だと思ったからだよね？　俺は、喜和子さんが気付かないのをいいことに……」

と、そこでリヒトがふいに身振りで偽あきらを遮った。

「いや。喜和子さんは、君が本当の孫じゃないって、初めから知ってたと思うよ」

「えぇぇぇーっ！」

真っ先に叫んだ一花は、慌てて口を覆った。そうしたまま、ベッドの上にいる喜和子をそっと振り返る。

「いくらなんでも、孫の性別を間違えるはずないじゃないか。ねぇ、喜和子さん」

貴公子探偵に麗しい笑みを向けられた喜和子は、ずっと閉ざしていた口をゆっくりと開いた。

「……ええ。わたしは初めから、本物の孫じゃないと気付いていたわ」

「初めから?!　じゃあ喜和子さんは、俺の嘘に付き合ってくれてたってこと？　一体、どうしてそんなこと……」

床で平伏していた偽あきらはガバッと半身を起こした。喜和子はそれを一瞬見つめたあと、どこか遠くに視線を送る。

「あきらくんが初めてわたしのもとを訪ねてきたとき、一目で孫じゃないって分かったわ。でもそのとき、たまたま切ったばかりのお花を手に持っていたわたしを見て、あきらくんはこう言ったのよ。『早く水に入れてあげないとかわいそうだよ』って……。何か事情があって孫のふりをしているのだろうけど、根は優しい子だと思ったの」

話を聞いているうちに、一花の脳裡にウサギのぬいぐるみが浮かんできた。喜和子がたびたび抱きしめていた、『孫のための玩具』だ。

喜和子は偽あきらを優しく迎え入れつつ、孫『娘』のために用意した玩具を引っ張り出し、思い出に浸っていた。

そのときの喜和子の気持ちを考えると、胸が締めつけられる。

「広い家に一人で暮らすようになって、わたし、少し寂しかったのかもしれないわ。でも、あきらくんが訪ねて来てくれた日は、その寂しさがなくなった。本当の孫だったらいいのに、と何度も思ったのよ。だから、何も知らないふりをしたの。一花さんにも本当のことを言わなかった。偽物の孫だということが明るみに出れば、あきらくんがいなくなってしまうのが分かっていたから……」

「——お祖母ちゃん！」

偽あきらは弾かれたように立ち上がり、喜和子のもとへ走り寄った。

「俺も、お祖母ちゃんの本当の孫になりたかった。一緒にいられて楽しかったよ。優しくしてくれて、ありがとう。……俺は悪いことをしたから、これから警察に行く」

「そう。覚悟ができたのね」

喜和子はベッドサイドにいる偽あきらの髪をそっと撫でた。

「うん。自分でしたことの責任は、自分で取るしかないから」

「行ってしまう前に、教えて。あなたは本当は、何という名前なの？」

黒髪の青年はふわりと微笑んで答えた。

「俺の本当の名前は――」

一花とリヒトは、そこで病室をあとにした。

ほんの少しでいいから、二人だけで過ごさせてやりたいと思った。本物以上に本物らしい、祖母と孫だけの時間を……。


「はぁー」

一花は溜息を吐きながらベンチに腰を下ろした。今日はいろいろありすぎて、さすがに立っていられない。

人一人分の間隔を空けて、隣にリヒトが座った。

傍らには飲み物の自動販売機が三台ほど設置してある。ここは院内のちょっとした休憩コーナーらしい。

「あ、リヒトさん。今日は助けてくれてありがとうございました」

お礼を言い忘れていたことを思い出して、一花は座ったままぺこりと頭を下げた。

リヒトが真相に気付き、飛び込んできてくれなかったら、今ごろどうなっていたか分からない。

「あとで林蔵さんにもお礼をしておかないと」

一花が有能な執事兼合気道の達人の顔を思い描いていると、隣にいたリヒトがポツリと呟いた。

「きなこ棒が入ったホットミルク、美味しかったよ。……さっきも言ったけど」

「本当ですか！　よかった。リヒトさんがご飯を食べないって聞いて、あれなら行けると思ったんですよ」

そこまで明るい口調で言ってから、一花は真顔でリヒトを振り返った。

「少しずつでも、何か食べた方がいいです。私……いえ、林蔵さんが心配してますよ」

「努力する」

と曖昧な返事をして、リヒトはほんの微かな笑みを浮かべた。

「リヒトさんは、この先も謎解きを続けるんですか？」

「気が向けばね。一花はこれからも……喜和子さんの家にいるのかな」

何と答えようか迷ったが、一花は事実だけを告げた。

「私は今、喜和子さんに雇われているので」

「そうか」

強盗の件でしばらくは連絡を取ったりするかもしれないが、落ち着いてしまえば一花とリヒトに接点はなくなる。もしかして、顔を合わせるのはこれっきりかもしれない……。

そう思うと切なさが込み上げてきたが、一花はぐっと堪えて尋ねた。

「新しい家政婦さんを雇わないんですか？　美味しい料理、作ってくれますよ、きっと」

すると、リヒトは静かに立ち上がった。

「考えてみる」

そのまま、貴公子の姿は遠くなっていった。

一花は黙って顔を伏せた。追いかけたくなる気持ちを、少しでも抑えるために。

5

偽あきらの本当の名前は、高久保《たかくぼ》昴瑠《すばる》。

昴瑠は病室で喜和子に別れを告げたあと、警察署に赴いて自首した。そこで取り調べに素直に応じ、仲間のことも洗いざらい話したという。

昴瑠の供述や防犯カメラの映像がきっかけで、逃げていた四人はすぐに捕まった。一味は強奪したお金を使って海外に逃亡する計画を立てていたようだ。これから捜査が進み、いずれは全員何らかの処罰を受けることになる。

四人の仲間と海外に逃げようと思わなかったのか、と刑事に尋ねられた昴瑠は、こう答えている。

『逃げようとしたけど、お祖母ちゃんが心配で、どうしても病院に行きたかった』

　昴瑠の実年齢は十九。まだ若く、しかも唯一自首している。

　初犯であることや、強盗の際は現場にいなかったこと、その他もろもろの事情が量刑に反映される見込みである。

　さらに、今後も続く取り調べや裁判を踏まえ、弁護士がつくことになった。

　名乗りを上げてくれたのは、今江修。先日リヒトに謎解きを依頼してきた今江藍里の父親である。

　修なら、きっと頼もしい相談相手になってくれることだろう。そして、昴瑠のサポート役を買って出たのはこの人情派の弁護士だけではない。

「あきらくん……いえ、昴瑠くんが出所してきたら、できる限り力になるわ」

　事件から数日経って少し落ち着いたころ、喜和子はそんな決意を一花に示した。そして同時に言った。

「わたし、しばらくの間、アメリカの息子夫婦のところで暮らそうと思うの」

　喜和子は、家にやってきたのが偽物の孫だということに気付いていながら、見て見ぬふりをした。怪しいと思った時点で止めていれば、昴瑠が犯行に加担することもなかったのに……と自分の行動をかなり悔いていた。

「わたし、寂しかったのよ。このまま心に隙間を抱えていたら、誰かに付け入られてしまうかもしれない。息子夫婦も本当の孫も、わたしのことを心配してくれているの。だからアメリカに行くわ。もちろん時々は日本に戻ってくるし、向こうにいても昴瑠くんのサポートは必ずする」

そう誓ったあと、喜和子は一花の手を優しく取った。

「一花さんは素晴らしい家政婦よ。だから一緒にアメリカについてきてって頼もうと思ったけど、考え直したの。……わたしより、あなたのことを大事に思っている人がいる。だからあなたは、日本に残るべきだわ」

ふんわりと優しい老婦人は、意味ありげな目配せをして、一昨日アメリカに旅立っていった。

……そんなわけで、一花は現在、無職である。

もちろん派遣元である日だまりハウスサービスの登録はそのままだが、雇ってくれる家がなければ働けない。

喜和子との雇用契約は解消されたので、住み込んでいた上九条家を出なければならず、今は仕方なく台東区《たいとうく》の実家に戻っている状態だった。

もう年の瀬だ。こんな中途半端な時期に新しい家政婦を採用しようという家はなかなかない。おそらく年が明けるまでは、実家である六畳二間のアパートで過ごすことになるだろう。

そこには一花の母と妹が住んでいる。母の登美代《とみよ》は帰ってきた娘を温かく受け入れてくれたし、妹の芽衣《めい》も「お姉ちゃん、一緒におからクッキー作ろ！」とたいそう喜んだ。

久々に家族と過ごして一花自身も心が和んだのだが、ただ一点、どうしても溜息が漏れてしまうことがある。

「あー、銭湯、面倒くさい」

一花の実家は風呂ナシ物件だ。入浴するためには、はす向かいにある銭湯に行く必要がある。

風呂に入るのにいちいち外出しなければならないのは、かなり面倒である。一花は最近銭湯通いから遠ざかっていたので、なおのこと億劫に感じた。

しかも季節は冬。せっかく湯船に浸かって温まったのに、外に出るとすぐ身体が冷えてくる。

混まないうちに風呂を済ませたくて、今日は日が暮れる前に銭湯に行った。さっぱりしたあと、すぐそこの実家までジャージ姿でてくてく歩く。

髪は銭湯の脱衣所で乾かしてきたが、まだ少し湿っていた。サンダル履きの足を踏み出すたびに、洗面器に入っている石鹸やシャンプーがカタカタ音を立てる。まるで昭和のフォークソングだ。

ものの二分で実家のアパートについた。一階に四世帯、二階に三世帯が入居する木造の建物は、築四十年。よく言えばレトロだが、正直に言うならそれなりにガタがきている。

集合住宅の外階段を上っていると、ふんわりといい香りが漂ってきた。

おそらくこれは、母が焼いたアップルパイの匂いだ。子供のころから幾度となく味わってきたので、一花は実物を見なくても判別できる。

銭湯に行く前、「今日は仕事が休みだから、何かお菓子を作るわね」と登美代は言っていた。調理師をしている母のアップルパイは、まさに絶品だ。基本通りのレシピで作っただけでも、市販のものよりかなり美味しい。

登美代はそこにとびきりの工夫――チョイ足しの魔法をかけてくれる。母は、一花のチョイ足しの師匠でもあった。その師匠がほんの少し手を加えると、アップルパイがまるで違った味わいになる。だから何度食べても飽きない。

登美代は今日、どんなチョイ足しをしたのだろうか。一花ははやる気持ちを抑えて階段を駆け上がり、薄いドアを勢いよく開けた。

「お母さん！　アップルパイ、焼いてくれたの?!　って……あれ？」

戸口に立ったまま、二、三度瞬きをした。そのあと何度も首を捻り、また瞬きをして、しまいには頰をぎゅーっとつねってみる。

夢でも幻でもなかった。

卓袱台の置かれた六畳間に、いるはずのない人物がいる。

「えっ……あ、リ……」

「やぁ、一花。お邪魔してるよ」

一花が叫ぶ前に、相手の方から名前を呼ばれてしまった。ワンテンポ遅れたが、喉元まで出ている声はもはや抑えられない。

「えぇぇぇっ、ど、どうしてこんなところに、リヒトさんがいるんですか――!!」

金髪の美少年と、生活感の漂う六畳間。どう考えてもギャップがありすぎる。

それに、なぜリヒトが芽衣や登美代と卓袱台を囲んでいるのか、一花にはさっぱり分からなかった。

呆然としていると、芽衣が栗色のおかっぱヘアを揺らして声を弾ませた。

「お姉ちゃん、あのね、リヒトお兄さんがお肉を持ってきてくれたの。だから今、うちの冷蔵庫に五日ぶりにお肉が入ってるんだよ！　えーごランク？　とかいう、美味しそうなやつ！」

「えーご……って、ま、まさかA５ランク?!」

途方もない響きに、一花はくらっとなった。

妹はまだ中学生。しかも普段からカツカツの暮らしなので肉というだけで無邪気に喜んでいるようだが、リヒトは一体いくらの品を持ってきたのだろう。

いっぽう、母の登美代は多少肉のランクが分かるのか、色艶のいい頬に手を添えて申し訳なさそうな表情を浮かべた。

「そんなに高いものはいただけないって、お断りしたんだけどねぇ……」

「お母さん、芽衣ちゃん、遠慮することないよ。あれはほんの手土産だから」

リヒトは卓袱台を前にしてゆったりと微笑む。

やはり、この部屋に貴公子はちぐはぐだ。……それ以前に、なぜリヒトは登美代のことを『お母さん』などと呼ぶのだろうか。

突っ込みたいことがありすぎて悶々とする一花をよそに、卓袱台を囲む三人は勝手に会話を進めていた。

「さっき僕に出してくれたアップルパイ、とても美味しかったよ、お母さん」

「ああ、あれね。粒餡をチョイ足ししてみたのよ。一味違ったでしょう」

「わたしはすりごまを足すのもおすすめだよ、リヒトお兄さん」

「チョイ足しか。一花もいろいろ出してくれたけど、お母さんも芽衣ちゃんも、さすがだね」

「あぁぁぁ、もうっ――リヒトさん、ちょっとこっちへ!!」

このままでは呑気なやり取りを延々聞かされる羽目になる。

一花はつっかけていたサンダルを脱いで部屋に上がり、洗面器をその辺に放り出してからリヒトの腕を摑んだ。

「一花、どこに行くの？」

「とりあえず、外で話しましょう！」

「どうして？　話をするならここでもいいんじゃないかな」

ふと部屋の中を見回すと、登美代と芽衣が興味津々な目でこちらを窺っている。

「……やっぱり、外行きましょう、外！」

一花はリヒトを半分引きずるようにして玄関に行き、そのまま外階段を下りてアパートの自転車置き場までやってきた。

「以前に、一花の実家はそんなに広くないって聞いたことがあったけど、そうでもないと思うよ」

リヒトは脇にある建物を見ながらそんなことを言う。

「え、そうですかね？」

一花は少し驚いた。生まれたときからドイツの豪邸で育ち、日本に来てからもあんなに広々した家に住んでいる貴公子の感想にしては、意外である。

「さっきまでいた部屋は確かにちょっと手狭だけど、この建物全体が実家なんだろう。三人で暮らすなら、なんとかなるんじゃないの？」

「えっ……」

「それから一花。随分斬新なスポーツウェアを着てるね。胸に付いてるマークは、どこのブランドのものかな」

「あっ、え、これ?!」

一花は咄嗟に自分の身体を抱き締めた。

身に着けているのは、高校時代に体育の授業などで使っていた指定ジャージである。胸のマークはブランドのロゴではなく、都立高校の校章だ。卒業してからも捨てるのがもったいなくて、部屋着にしている。まさかリヒトがいるとは思わなかったので、普段以上に格好を気にしていなかった。

着替えてこようかな。その前に、『私の実家はさっきの部屋と隣の六畳間だけです』と訂正をかけておくべきか……。

いや、何よりもまず、本題だ。

「リヒトさん、今日はどうして、わざわざ私の実家なんかに来たんですか？」

「考えがまとまったからだよ」

「……考え？」

「この間、一花は『新しい家政婦さんを雇わないんですか？』と聞いただろう。そのとき僕は『考えてみる』って答えたはずだ。ちゃんと考えたから、来た」

そこまで言うと、リヒトはきりりと表情を引き締めて、一花と向き合った。

「僕は一花を、もう一度家政婦として雇用したい」

「えっ」

「クビは取り消す。今度は仮採用じゃなくて、正式採用にする。だから――戻ってきてよ、一花」

突然の申し出に、何も言葉を返せなかった。

リヒトはそんな一花の両手を、真剣な顔のままぎゅっと握る。

「どういう人に家政婦になってほしいか考えてみたけど、僕は一花がいい。一花に戻ってきてほしい」

サファイヤの瞳に、今、一花だけが映っている。握られた手を通して、リヒトの熱さが伝わってきた。

その想いの強さも。

「あ、あの、でも、私……傍にいるとリヒトさんのこと心配して、あれこれ口を挟んじゃうと思いますよ。あのときみたいに」

『さようなら』と告げた日の光景が胸に蘇る。

リヒトはそこで一花の手を解放して、僅かに俯いた。困惑したような、どこか照れたような顔つきだ。

「あのときは……僕が悪かった。天井が崩落しかかっているのが見えたとき、僕が紘也さんの助けに入るしかないと思ったんだ。だって、そうしなかったら——一花が飛び出していただろう。僕が助かったとしても、一花が怪我したら、きっと一生後悔する。それが嫌だった」

「リヒトさん……」

「心配するなって言ったのは、必要以上に一花を煩わせたくないと思ったからだよ。サザンクロス学園の件では、謎解きに巻き込んだせいで怖い思いをさせたし……。それで嫌気がさして、家政婦をやめるって言われたら困るんだ。一花は何の心配もせずに、ただ僕の傍にいてほしかった」

いろいろな感情がとめどなく押し寄せて、一花の胸が熱くなっていった。

あのとき、リヒトは一花を突き放したのではない。むしろ一花のことを誰よりも考えていた。

同じ気持ちだったのだ。リヒトの身を案じていた、一花と。

心の中で絡んでいた糸が、するするとほどけていく。それを感じて佇んでいると、リヒトが再び真剣な眼差しを向けてきた。

「一花、戻ってきてくれる？　それとも、もう次の派遣先が決まっちゃったかな」

「喜和子さんとの契約がなくなってから、まだ何も決まってません。……というか、松濤の家には、すでに別の家政婦さんが派遣されているだろうなと思ってました」

「別の人なんて考えられないよ。さっきも言ったけど、僕は一花に戻ってきてほしいんだ。一花が作ってくれた料理が忘れられない。一花がいないと、僕はまともに食事すらとれなくなる。一花でないと駄目なんだ。だから僕の傍にいて」

「あ……あの……」

王子さまのような美少年の口から、やたらと甘い台詞が次々と飛び出した。一花の顔は否応なく火照り、鼓動もどんどん速くなっていく。

「ねぇ一花。お願いだから、戻ってきてほしい。……駄目かな？」

ここで小首を傾げて『……駄目かな？』は最強だ。一花は破裂しそうになる心臓を押さえながら、こくこく頷いた。

「わ、分かりました！　私でよければぜひ、もう一度よろしくお願いします！」

途端に、リヒトの顔がパッと明るくなった。

「戻ってきてくれるんだね！　ありがとう。いつ、またうちに来てくれる？　今日？」

「今日……今からですか？」

随分急な話である。戸惑っていると、リヒトはそわそわした様子で言った。

「無理なら、明日でもいいけど」

「明日ですか。どうしようか………はっくしょん！」

そのとき一花の身体に冷たい風が吹き付けて、くしゃみが飛び出した。すっかり忘れていたが、風呂上がりの格好のまま外に出てしまった。完全に湯冷めだ。

「今のくしゃみって、嘘を吐いたわけじゃないよね……あ、そうか」

リヒトは一つ頷くと、羽織っていたジャケットを素早く脱いで、一花の肩にふんわりとかけた。

「これで少しは暖かい？」

思わぬ優しさに、再び鼓動が速くなる。暖かいを通り越して、頬が熱い。

「いやあの、ありがたいですけど、これだとリヒトさんが寒くなっちゃいますよ。自分で着ててください」

「いいから、一花が着てなよ」

「でも」

「僕は大丈夫だから…………はっくしょん！」

「え……リヒトさん、今の……」

数秒後、一花は盛大に噴き出していた。

リヒトはやや赤面しながら口を尖らせる。

「そんなに笑うことないだろう」

「ごめんなさい。だって、リヒトさん、私みたいだったから」

「一花ほどユニークじゃないよ」

ちょっと不貞腐れている感じが余計におかしい。一花はひとしきり笑ったあと、ふぅと息を吐いて、横にある建物を指さした。

「ここは寒いですし、いったんうちに戻りましょう。……松濤の家に行くなら、荷物をまとめなきゃいけないですし」

「え、今から僕の家に来てくれるの？」

「駄目ですか？」

「……駄目じゃない」

互いに顔を見合わせて、ふっと笑う。それから揃って踵を返した。

だが、そこで一花とリヒトは足を止めた。思いもよらぬ人物の姿が目に飛び込んできて、同じタイミングで息を呑む。

「——拓海」

リヒトが名前を呼ぶと、長身の弁護士はメタルフレームの眼鏡を押し上げて笑みを浮かべた。

「ああ、ちょうどよかった。一花くん。今、君の実家を訪ねようとしていたところだ」

「私の実家？」

聞き返した一花の前に、リヒトがスッと歩み出た。

「拓海。何の用があってここに来たの？」

「そろそろ一花くんが交換日記を書いてくれているだろうと思って、受け取りにきたんだが」

どうしよう、一文字も書いてないし、そもそも読んでない……。一花が内心慌てていると、拓海の表情がふわりと緩んだ。

「すまない。今言ったことは半分冗談だ。だが『交換日記の件で話がある』のは間違いない。リヒトが一花くんの実家に行ったと林蔵さんから聞いて、私もここに来た」

「一花じゃなくて、僕に用があるってこと？」

怪訝そうに顔を顰める義弟に、拓海はクールな眼差しを向けた。

「ちょっとした話を小耳に挟んだので、伝えにきた。実はとある人物が昔、恋人と交換日記をしていたらしい。その人物とは――私の父だ」

「東雲辰之助さんですか?!」

目の前に立ち塞がっているリヒトの背中越しに、一花は拓海を見つめた。

「そうだ。つまりリヒトの父親でもある。知人から聞いた話だが、父は昔、滞在先のドイツで現地の女性と交換日記をしていたらしい」

「ドイツって、まさか交換日記の相手は——僕の母……」

リヒトはハッと息を呑んだ。

「おそらく、そうだろう。父はリヒトの母親と交換日記をしていた。……リヒトは、母親が作ってくれたスープのレシピを探しているそうだな。もしかしたら、交換日記の中に何か記載があるかもしれないぞ」

一花は「ええっ！」と叫んだあと、驚きすぎて何も言えなくなっているリヒトを押しのけて拓海の前に歩み出た。

「その交換日記って、今、どこにあるんですか?!」

「残っているとしたら、父が持っているはずだ。だがプライベートなものだからな。見せてくれるかどうか、私は判断しかねる」

「なんとか、見せていただくわけにはいかないでしょうか！」

一花は必死に食い下がった。リヒトにとって、母の残した味はとても大事なものだ。どうにかして探し当てたい。

拓海は一花とリヒトを交互に見つめ、義弟の方に視線を固定した。

「……そうだな。頭を下げれば見せてくれるかもしれないぞ。どうだ、リヒト。このあたりで一度、父と一席設けてみないか。無論、私も参加する。悪い話ではないはずだぞ。母親の残したレシピを知りたくはないのか」

「そういう脅迫めいた言い方、僕は好きじゃない」

しばらく黙っていたリヒトがようやく口を開いた。

いつもなら、ここで物別れに終わっていただろう。……だが、今日は少しだけ違う展開になった。

「拓海たちと話し合うかどうか、考える時間がほしい」

戸惑ってはいるものの、リヒトは目を逸らさずにそう言った。

一花は驚いて、綺麗な顔をまじまじと凝視してしまった。あんなに頑なだった拓海への態度が、明らかに変化している。

（あ、もしかして林蔵さんの説得のお陰……？）

少し前、有能な執事がリヒトに切々と語りかけた。あれが貴公子の心を動かしたに違いない。

拓海は一花と同じようにリヒトを凝視したあと、やがて薄い笑みを浮かべた。

「ふむ。考える時間がほしい、か」

「そういうことだから、今日はもう帰ってよ」

退散を促すリヒトの仕草も、いつもと違って少しソフトだ。

「はっきり言ってあまり猶予はないのだが、普段は突っぱねられていたことを考えると何倍も前進したな。分かった。今日のところは……ん？」

語尾はふいに途切れた。代わりに、規則的な電子音が聞こえてくる。

拓海は羽織っていた黒いコートのポケットから、発信源であるスマートフォンを取り出した。

「何?!　それは本当なのか！」

しばらくして、ひどく荒々しい声があたりに響いた。長身の弁護士は、貴公子の方を呆然と振り返る。

「大変だ、リヒト。――父が倒れた。意識がないそうだ」

まるで氷を投げ込まれたみたいに、心が痛んだ。

そこに冬の寒さが重なって、一花は肩にかかったままだったリヒトのジャケットを、身体の前で必死にかき合わせていた。

本書は書き下ろしです。

貴公子探偵《きこうしたんてい》は
チョイ足《た》しグルメをご所望《しょもう》です
魅惑《みわく》のレシピは事件《じけん》の香《かお》り
相沢泉見《あいざわいずみ》

2022年3月5日初版発行

発行者……………千葉 均
発行所……………株式会社ポプラ社
〒102-8519 東京都千代田区麹町4-2-6
フォーマットデザイン 荻窪裕司(design clopper)
組版・校閲 株式会社鷗来堂
印刷・製本 中央精版印刷株式会社

ポプラ文庫ピュアフル

ホームページ www.poplar.co.jp

N.D.C.913/295p/15cm
ISBN978-4-591-17344-2
P8111330